变与不变

吉卜力的哲学

〔日〕铃木敏夫 著
唐钰 译

南海出版公司

新经典文化股份有限公司
www.readinglife.com
出 品

GHIBLI NO TETSUGAGU
by Toshio Suzuki
©2011 by Toshio Suzuki
Originally published in 2011 by Iwanami Shoten, Publishers, Tokyo.
This simplified Chinese edition published 2024
by ThinKingdom Media Group, Ltd., Beijing
by arrangement with Iwanami Shoten, Publishers, Tokyo

代序
阿伦岛之旅

我要说一个让人难以置信的故事。

阿伦岛是一座布满岩石、除了石头什么都没有的小岛。岛民将海浪带来的砂石一点点积攒起来,与一同漂来的海藻混合制成砂土。海风强劲,制好的砂土放在一旁会被风吹散,为此岛民砌了长长的、足有好几层的石壁。田地造好后,人们在此种植马铃薯。临海之地可以捕鱼,但没有其他食物,人们想要主食。

有一部纪录片便以这座小岛为舞台。

看完之后我们决定去一趟阿伦岛。我不记得是谁提出了这个建议,只记得某天大家聚在一起看录像时被震撼了。画质算不上好,反而让小岛显得如梦似幻。

我们在威尔士看了一场正宗的橄榄球赛,之后便前往爱尔兰,从戈尔韦乘坐小型飞机飞向阿伦岛——六人座飞机相当老旧,大家都对究竟能不能顺利起飞充满不安。但最后还是成功起飞,转眼便到达阿伦岛。

我们不知该乘坐什么交通工具去预订的民宿。飞行员告诉我们这里有小型巴士。机场旁边确实停着一辆巴士，飞行员带我们过去，上车后飞行员自己成了巴士司机，大家都笑了。

刚到民宿老板娘就迎出来，让我们在入住登记簿上签名。大家各自写上名字后，宫先生[①]开始翻看登记簿，想知道是否有日本人入住。他眼尖地发现，真的有日本人来过。所有人都围到宫先生身边看。记忆有些模糊了，但我记得其中一个日期在战后不久。我们不断想象，他们是怎样的人呢？

两人一个房间，我和宫先生同屋。他一进门就闻到了床上被子的味道。被子是潮湿的，估计很久没人用了，不过我们也没精力要求太多。

收拾完房间，大家决定去酒吧。老板娘说就在附近，但她对距离的感知与住在城市的我们不一样，一个小时的路程对她来说也算近。

好不容易到了酒吧，店里却一位客人也没有。老板说，大家长大后就会离开这座小岛，都想去伦敦，毕竟这里什么都没有。

时间不早了，我们出门时已接近半夜十二点，天空却出奇明亮。是白夜。快回到民宿时，停在屋檐上的乌鸦突然一齐飞向天空。奇妙的时刻。宫先生一直看着这一幕，我们也一样。

夜晚降临。回到民宿后我便上床休息，半夜听到窸窸窣窣的声音，宫先生似乎没睡着。不久，房间的灯亮了，有些刺眼。我坐起身，宫先生看着我说道："你也睡不着吗？"

第二天，我们探访了这座小岛。阿伦岛很小，周游一圈也不需要太多时间。我们没有坐车，步行游览。中途碰到教堂在举行婚礼，我不顾宫先生的劝阻跑去围观。新人是一对年轻人。上岛后我们只见过老年人，所以对此印象深刻，心情也变得明朗起来。

[①] 宫崎骏的昵称。（如无特殊说明本书注释均为编者注。）

导游告诉我们，岛上还有钓鱼的人，老板娘说这些人都是欧洲的富豪。这座小岛大概是极尽奢侈的人最后到访的地方，导游如此说道。

我询问原因，他回答道："无，一切皆无。这大概是极致的奢华吧。"

不愧是周游各国、经验丰富的导游，观点很有说服力。或许这里就是最后的乐园，是天堂。

翌日，导游问我们还要在这里待多久。我们没有确定日程。

宫先生说："咱们再待一天就回去吧？"

我也回道："一直待下去的话就无法回归社会了。"

其他人没有异议。

想自杀的人可以来这里看看。这座小岛会让人丢掉离世的念头。

当晚，宫先生从床上一跃而起。"铃木，有什么人在！你没感觉到吗？"我没有感觉。然后我想起来，白天在民宿附近一间遭到破坏的教堂散步时，宫先生就开始惴惴不安了。

这里有什么人在。

那个人好像会跟着我们回日本。

就这样，为期三天的阿伦岛之旅结束了。

制作《魔女宅急便》时，宫先生把他画的一张图拿给我看。

"还记得吗？"

他画的正是我们住的那家民宿。也正是琪琪送去布偶吉吉的那户人家。

2010 年 1 月 20 日

目 录
Contents

代序 / i

我们一直以来思考的事 / 1

展现作品魅力 / 57

遇见的人，交谈的人 / 113

呼吸着时代的空气 / 193

代后记 / 238

I

我们一直以来思考的事

从吉卜力初创期到《千与千寻》

本章收录的几篇文章较为系统地总结了吉卜力工作室的发展历程。我的信条是"工作永远是进行时",不会回顾已经完成的事情,因而也没有多少回忆过去的文章。不过,有时候要讲述"未来"就必须整理"过去",本章收录的文章基本上都出于这一点。

《吉卜力工作室的十年》一文系统地叙述了吉卜力自初创以来的思考。当时我在法国,听众都是外国人,所以我向他们认真详细地进行了解释说明。《"街道工厂"吉卜力》则聚焦于工作室的后续发展。《宫崎骏的信息来源》是我在"民营广播全国大会"上的发言记录,想表达的内容与《"街道工厂"吉卜力》相同。最后还加入了两篇相关的短文,介绍了宫崎骏的动画制作基础。

《制作人发言》所收录的两篇文章是给工作人员及相关人士的笔记和内部文件,与前面的文章性质完全不同。它们是在电影制作的过程中完成、用作讨论材料的文件。由于时间紧迫,我主要论述了当时觉得最成问题的事情,未能反复推敲。或许有些内容不适合公开,但我认为这可以让读者身临其境地感受到制作现场的热情、思考和烦恼,因此特意收录进来。

此外,因为是随时总结整理的内容,书中一些小故事会重复出现,且有细微的差异,敬请谅解。有些情况后来发生了变化,但本书收录内容基本上与发表时保持一致。

吉卜力工作室的十年

各位是否知道呢，日本人非常腼腆。所以，日本人特别不擅长向别人介绍自己，也不擅长展示自己取得的成绩。而我就是其中一员。

今天要讲的内容，我请别人把日文原稿翻译成了英文。我不太会说英语，觉得用英语演讲别人会听不懂，自己也不能侃侃而谈。我的英语发音不太标准，如果有听不懂的地方，还请大家见谅。

我演讲的主题是"吉卜力工作室的十年"。我是吉卜力工作室的一线业务负责人铃木，与宫崎、高畑两位导演是十七年的老朋友了。请大家多多关照。

吉卜力的起点

1985年，《天空之城》投入制作。同年，以《风之谷》内容与票房上的成功为契机，我们以制作了《风之谷》的出版社德间书店为中心，创立了吉卜力动画工作室。之后工作室主要制作宫崎骏和高畑勋两位导演的剧场版动画电影。顺便介绍一下，"吉卜力"的意思是撒哈拉沙漠上吹起的热风。第二次世界大战中,意大利的军用侦察机曾用过这个名字,飞机迷宫崎骏知道这个说法,便将工作室也命名为"吉卜力",包含着"在日本动画界掀起一阵旋风"的想法。

像吉卜力这样基本只制作剧场版长篇动画和原创动画的工作室,在日本动画界乃至世界上都是极其特殊的存在。剧场版无法保证票房,风险太大,所以重点发展可持续获得收益的电视动画系列片是一般共识。在日本,大部分动画工作室通常以电视动画为基础,偶尔制作剧场版。而且,日本制作的剧场版基本都由评价很高的电视动画改编而成,据说目前日本新推出的电视动画已经达到每周四十部以上。

不过,吉卜力也不是一开始就采用如今的运营机制。下面,我想先从创立以前谈一下吉卜力的历史。

我与如今吉卜力的中心人物宫崎骏、高畑勋相识已经三十多年了。当时,二人所属的东映动画只制作剧场版长篇动画,他们也参与了几部长篇作品的制作,但在时代发展的潮流下,不得不将舞台转移到电视上。1974年播出的电视动画《阿尔卑斯山的少女》由高畑勋担任导演,宫崎骏负责作画,可以说是电视动画的标杆。这部作品在欧洲上映后广受好评,很多人也都看过吧。

然而,他们在创作这些作品的时候,不知不觉间得出了一个结论:要想制作自己所追求的既写实又优质的动画——深刻描写人物心理,以丰富的表现力忠实描绘人生的悲喜——依靠电视这种在预算和计划方面都有很大限制的媒体是不可能的。这也成为《风之谷》后创立吉卜力工作室的原动力。投入预算,制订计划,每部作品都倾注全部精力,各个方面都考虑周全,在内容上毫不妥协。工作室主要围绕宫崎骏、高畑勋两位导演运转,实行导演中心制。吉卜力在十年里一直保持着这种状态，依靠两位导演卓越的能力和工作人员的努力，总算处理好了兼顾商业成功与工作室运营的难题。吉卜力的十年可以说就是这样一段历史。

说实话，谁也没有想到吉卜力可以走到今天。创立之初，我们的想法是：成功一部就做下一部，失败了就在此结束。所以，为了降低风险，我们不雇用正式员工，而是在每次制作时召集七十人左右的工作团队，作品完成后就立即解散，工作地点则是东京吉祥寺一栋写字楼的一整层。提出这个方针的是高畑勋。他曾制作《风之谷》，那时他所展现的工作能力在吉卜力的初创期发挥了巨大作用。《天空之城》也是由高畑勋制作、宫崎骏导演的。

《风之谷》和《天空之城》分别于1984年、1986年上映，分别在日本吸引了九十一万五千人、七十七万五千人前往观影，获得了很高的评价。今日到场的各位来宾中，应该也有很多人看过这两部电影吧。谢谢大家。

备受日本电影界瞩目的吉卜力

接下来吉卜力工作室同时制作了《龙猫》和《萤火虫之墓》，两部电影于1988年4月一同上映。《龙猫》的导演是宫崎骏，《萤火虫之墓》的导演是高畑勋。宫崎骏和高畑勋两人的作品同时上映只有这一次，想想便知道真是超豪华的组合。但是，制作却一度陷入困境，因为我们必须同时推进两部长篇，而且还想提升作品质量。这个要求近乎无理，但如果当下不做，这两部作品就再也没有面世的机会了。我们做出判断，推行了这个鲁莽的计划。

制作优秀的作品是吉卜力的目标，公司的经营与发展则是次要的。在这一点上，吉卜力不同于普通的公司。同时上映的《龙猫》和《萤火虫之墓》则是确立这个方针后首先实现的策划。

这里不能忘了吉卜力的社长德间康快先生。他也是德间书店的社长，除了本职的出版工作外，他还开展了广泛的业务。因沟口健二的作品闻名的电影公司大映现在也由他经营。

社长很少来工作室，给予员工充分的自由。但是，关键时刻他总会出现。不管是将漫画《风之谷》改编成电影，还是创立吉卜力工作室，都是他亲自做的决定。《龙猫》和《萤火虫之墓》要同时上映，却在发行前遭遇了巨大的困难，因为与之前两部作品相比，它们给人的感觉平淡无奇。这时是德间社长亲自到电影发行公司推荐，谈妥了各项事宜。如果没有德间社长所做的努力，哪怕只是缺了其中一环，都不会有现在的吉卜力。

《龙猫》和《萤火虫之墓》不在日本观影人数最多的夏季上映，因此首映的票房成绩不太理想，但受到了各方的高度评价。《龙猫》将近年来包括真人电影在内的日本国内电影奖项全部收入囊中。《萤火虫之墓》作为一部文艺电影也备受好评。因为这两部作品，吉卜力在日本电影界声名鹊起，广为人知。

《龙猫》还带给我们一个意料之外的收获——龙猫的周边玩偶大受欢迎。用"意料之外"来形容，是因为龙猫玩偶在电影上映两年后才商品化。不是电影制作方事先看准了周边与票房的协同效应才如此设计，而是一位玩偶制造商的工作人员看中了龙猫，觉得"这个角色就应该做成玩偶"。在他的积极推动下，这一想法最终得以实现。

不管怎么说，多亏了龙猫的周边商品，吉卜力才能不断填补电影制作费的空缺，此后龙猫又被用作公司的标志。在商品销售方面，目前吉卜力在公司内设立了角色商品部，为正式开展业务做准备。但不管怎样都是先有电影，再生产商品，这一方针并没有改变。如今我们也不会为了商品化而选择或更改作品内容。

吉卜力第二阶段的开始

言归正传。吉卜力作品中最早在票房上大获成功的是宫崎骏导演1989年的作品《魔女宅急便》，吸引了二百六十四万人观影，并夺得当年日本本土电影票房冠军，发行收入和动员人数都有了质的飞跃。而这也让相关人士开始严肃讨论吉卜力未来的发展方向。具体来说就是员工待遇、新人录用和人才培养。

日本动画界一般会设定好"画一张图多少钱，上一张色多少钱"，也就是"计件工资制"。当时的吉卜力也是如此，结果《魔女宅急便》时期出现了员工收入水平只有业界一半的严峻情况。

宫崎骏导演提出两个方案：

1. 工作人员职员化并采用固定工资制，目标是薪酬翻倍。
2. 定期招录、培养新人。

与吉卜力的情况相反，当时的日本动画界江河日下。我们判断，要想在这种形势下制作出精良的作品，必须明确转变方针、保障据点、建立组织、雇用职员、完善培训制度等。这是吉卜力第二阶段的开始。其中也少不了德间社长的支持。

这里我想简单谈谈自己。我是从这个时期开始在吉卜力专职工作的，此前我一直在德间书店发行的动画杂志《Animage》担任总编辑，并曾负责1978年的创刊工作。自1983年德间书店开始制作《风之谷》，我在编辑杂志的同时也参与吉卜力的电影制作。日语中用"穿两双草鞋"来形容这种情况，意思是身兼两职。那时我每天过得忙碌又充实。但吉卜力的方针变化也改变了我的人生。我与吉卜力都走上了一条"不归路"。

《魔女宅急便》之后，吉卜力着手制作高畑导演的《儿时的点点滴滴》。中途在1991年11月，正如我前面提到的，吉卜力将工作人员转为正式员工，固定上班时间，同时实行动画实习生制度，每年定期招录新人。

1991年《儿时的点点滴滴》上映，尽管发行方心怀担忧，电影却大获成功，和《魔女宅急便》一样夺得了当年日本本土电影票房冠军。更令人开心的是我们实现了宫崎提出的两大目标——薪酬翻倍和新人录用。然而此时又出现了新的问题：制作费用飞涨。其实早在制作前我们就料想到了这点。动画的制作成本中约有百分之八十都是用人成本，工资翻倍意味着制作费用也要翻一番。

吉卜力第二阶段的新方针必定使相关者将目光投向宣传和票房。制作费用的大幅上涨难以避免，这样一来就只能更积极、更有计划地吸引观众，尽量平衡制作费用的上涨。之前我们并非没有这样想过，但《儿时的点点滴滴》是真正致力于宣传的开端。

时任吉卜力负责人的原彻提出了"吉卜力就是3H"的说法，即HIGH COST（高成本）、HIGH RISK（高风险）、HIGH RETURN（高回报）。投入大量资金，产出优质作品，心里不安也要赚大钱。距那时已经过去四年，现在这句话仍然适用。不过，就"HIGH

RETURN"这一点来说，即便实现了高回报，吉卜力也会立刻将收益投入到下一部作品，手中还是所剩无几。

雇用员工就要每个月支付工资。吉卜力将自己逼进了必须不停创作的窘境之中。背负着这一命运的吉卜力在《儿时的点点滴滴》制作期间又开始做《红猪》。对吉卜力来说，制作期重叠还是第一次。当时《儿时的点点滴滴》已进入最后关头，所有人都忙得不可开交，我不知道怎么匀出人手给《红猪》，毕竟吉卜力不养闲人。最后，只有宫崎自己去制作《红猪》。他向我抱怨道："制作、导演助理，全都要我一个人来吗？"但我别无他法，只好辛苦他了。

新工作室的建设

也许是想缓解这种压力，宫崎突然提议："我们建一个新工作室吧！"在最艰难的时刻提出更艰巨的任务来解决现有问题，这是宫崎一直以来的作风。不过，他的理由确实能说服人：明明想留住优秀的人才，却让他们待在租来的办公室里，这说不过去。有了容器才能聚集进而培养人才。现在的工作室空间非常紧张，已经无法容纳更多人了。近九十名员工挤在三百平方米的工作室里。可是当时吉卜力并没有资金建新工作室。

原彻认为宫崎的提案不切实际，大加反对。而我虽然觉得有些乱来，但又想着"总会有办法的"。还有一个人支持这项提案，那就是德间社长。他的鼓励方式很巧妙："铃木，银行有的是钱。人，就是要负重前行的。"记得那时我深受触动，没想到竟然还有这样的人生观。而原彻只留下一句"理念不合"就离开了吉卜力。

这一年宫崎骏左右开弓、大显身手，尽显天才本色。他一边制作《红猪》，一边投入工作室的建设：亲自绘制设计图、和施工方讨论建筑风格、绘制效果图、取来素材样品挑选并拍板。一年后，《红猪》和新工作室几乎同时完工。《红猪》上映后不久，吉卜力就搬进了东京都小金井市的新工作室。

下面我介绍一下新工作室的情况。新工作室占地面积约一千一百平方米，每层面积大致与其相等，地上三层，地下一层。三层是美术部门，二层是作画和制作部门，一层是上色部门，地下一层则是后期部门。一层有个名为"BAR"的空间，供员工们沟通交流。不过在吉卜力一年到头也喝不了几次酒，这儿一般都用来开会或用作食堂了。最具特色的是卫生间。虽然男女员工人数差不多，但女卫生间的面积是男卫生间的两倍，设施也很高级，显示出设计者宫崎骏女性主义的一面。前段时间接待了从法国来的记者朋友，他们在离开前认真学习了这些经验。此外，绿意盎然、削减停车场面积也是其特色。

言归正传。1992年夏季《红猪》上映，力压斯皮尔伯格的《铁钩船长》和迪士尼的《美女与野兽》，成为当年日本票房冠军。

吉卜力的特色

1993年，吉卜力引进两台电脑操控的大型摄影台，成立了期盼已久的后期部门，发展为拥有作画、美术、上色、后期全部门的工作室，与高度分工发展的日本动画界逆向而行。我们认为，各部门在同一个地方紧密协作、系统全面地作业有利于提升作品质量。

同年，吉卜力制作了第一部电视动画《海潮之声》，导演是时年三十四岁的望月智充。这是首次由高畑勋、宫崎骏以外的人担任导演，制作团队也基本由二三十岁的年轻人组成，口号是"又快又省又好"。这部时长七十分钟的特辑虽然获得了好评，但预算和时间都严重超额。电视动画将是吉卜力今后的一大课题。

1994年，高畑勋导演的《平成狸合战》再次夺得当年日本本土电影票房冠军。这部电影昨天已经在正厅等场所放映过，今天下午五点将在雷诺阿厅再次放映，敬请观看。在这部作品中，吉卜力在《儿时的点点滴滴》后录用培养的年轻动画师们担纲作画，发挥了重要作用。此外，吉卜力在《平成狸合战》中首次使用了CG技术，虽然只有三个镜头，今后也将根据需要继续使用。

目前吉卜力工作室有作画部门四十六人、上色部门八人、美术部门十二人、后期部门四人、导演和制作部门十二人、出版和产品开发部门五人，以及董事、管理等部门十二人，共计九十九人。列出数字就能发现，大部分是负责绘图的员工。员工的平均年龄则是二十九岁。我多次谈到，吉卜力作品的制作成本比其他工作室高，从人员构成也可以看出资金基本都用在了电影上，这是吉卜力的一大特点。吉卜力的间接部门远远少于一般公司。

此外，受宫崎导演"给日本孩子看的作品应该由日本人亲手制作"这一理念影响，吉卜力自创立以来从未将工作外包给其他国家。

下面谈一下吉卜力电影的宣传。为方便理解，我对内容进行了整理。"一切按照营销计划进行"听上去很厉害，却与事实有些出入，宣传大多是在某种趋势下自然发展的结果。大家随便听听就好。

日本人非常喜欢漫画，从小孩到大人都会看漫画。吉卜力工作室的作品同样超越年龄，无论老少都会来观看。比起儿童，成年人才是主力军。以《平成狸合战》为例，有近百分之七十的观众是二十岁以上的成年人。各位心里有了这些概念，就能理解我接下来要讲的内容了。

吉卜力的宣传策略

吉卜力的特点在于"内容获好评"和"票房获成功"两者兼得。在日本这种政府不积极保护电影产业的国家，不管志向多么远大，再怎么坚持做优秀作品，只凭这些早晚都会遇到经营上的问题，无法长久发展。

日本电影界的发展绝不是一帆风顺的，长期低迷的走势仍在持续，情况比法国还要严重。在这种形势下，近来吉卜力的作品却接连取得良好的票房成绩，关键有三点。

第一，无须多言，是作品的完成度很高。主题设定上优先考虑现代性。拿《平成狸合战》来说，虽然描绘的是狸猫，但与日本人的形象重合，是一部回顾了日本战后五十年的电影。在宫崎、高畑两位导演的指挥下，先进技术制作的高质量影像强化了这一主题。如果内容单薄，不管宣传力度多大，都不可能一直成功。

第二是过去积累的成绩。即便是吉卜力作品，也不是每部都能大卖。正如我刚刚提到的，吉卜力电影是从《魔女宅急便》开始卖座的。但此次大获成功很大程度上依靠《龙猫》和《萤火虫之墓》两部前作。我再介绍一下相关情况。这两部作品同时上映，当时并没有取得太好的票房成绩，但得到了很高的评价，光碟发售和电视播放开拓了受众层，使其不再局限于动漫爱好者，触及了更普遍且庞大的圈层，成功培养了大众对"吉卜力电影"的潜在信任。正因为有这个基础，《魔女宅急便》才能成功。此后渐渐形成了"前作的内容成功保障新作的票房成功"这一良性循环。

第三是按照明确方针开展大规模宣传。电影在日本已经不是最重要的娱乐活动，每个日本人平均一年只看一部电影。单凭是部好电影这一点，无法吸引观众。要想突破这个困境，必须通过大力宣传将电影变成大型活动。吉卜力作品基本在夏季上映，于是我们在全国营造出"这个夏天不能错过的热点话题"的氛围。

宣传不局限于一般意义上的电影宣传。现有情况不允许从有限的预算中拿出大笔经费投入宣传，于是我们致力于开展形式多样、无须耗资的商业合作及推广活动。

我们邀请了日本民营电视机构龙头日本电视台参与制作，在电视上进行大范围推广，在日本电视台的多档节目中免费介绍吉卜力的作品。我们还与博报堂、电通等日本著名广告公司介绍来的大企业合作。《魔女宅急便》是与快递公司雅玛多运输合作，《儿时的点点滴滴》是食品界大亨可果美和兄弟牌缝纫机两家公司，《红猪》是日本航空，《平成狸合战》和《心之谷》是大型保险公司JA共济。这些商业合作带来的广告量如果换算成具体金额，可以与电影制作费相匹敌。当然了，既然是合作，对方的首要目的肯定是宣传自己的公司或产品。因为吉卜力作品社会形象良好，合作方认为支持吉卜力作品会大大提升自身形象，因此宣传不再只是单纯的广告合作，也积极打出吉卜力作品的元素。

此外，在杂志、报纸上开展一般性宣传也非常重要。我们委托专业推广公司，请各编辑部写一些积极的报道，这时之前的成绩就会发挥作用。特别是很多一线记者和编辑，从小看着宫崎、高畑导演的动画长大，对吉卜力作品的印象非常好，这是我们的优势。纸质媒体的深入报道能成为强力支援。

吉卜力工作室在宣传时最注意的是宣传对象。即便在日本，提起动画也摆脱不了"小孩子看的"这种印象。但日本电影如果不能俘获年轻女性观众的心，就不会大卖，同时提倡亲子观影也非常重要。因此吉卜力要开展覆盖大人小孩的全方位宣传，突显这些高质量作品亦值得大人观赏。

吉卜力作品进军海外

接下来我想讲一下吉卜力作品进军海外市场的情况。

此前吉卜力的作品主要在中国的香港和台湾等亚洲地区上映。大约从前年开始，情况渐渐发生变化。《龙猫》在美国院线上映，二十世纪福克斯发售了《龙猫》的录像带，创下了五十六万盘的销售纪录。这对日本电影进军美国有划时代的意义。此外，《平成狸合战》也曾代表日本角逐奥斯卡最佳外语片奖。

各位或许有所耳闻，《红猪》确定于6月21日起在法国六十家影院上映。巴黎的UCORE公司是我们的代理商，董事长植木女士非常有才干，今天她也在现场，多亏她的努力我们才能与CANAL PLUS达成共识，在影院公映。主人公波鲁克·罗索的配音由让·雷诺担任。我后来才知道，宫崎导演是让·雷诺的忠实粉丝，十分欣赏《碧海蓝天》中的恩佐，所以他对此感到很开心。

今后也许会有更多的吉卜力作品在欧洲和北美地区上映。只要条件合理，我们便愿意接受。不分国籍，不分种族，能吸引到众多观众并收获喜爱,是创作者最开心的事。然而,想在海外正式上映必须克服种种困难。我们经常遇见对方只想发行录像带,或者只想在电视上播放的情况。而我们首要考虑的始终是以电影的形式在影院上映。

另外,无须赘言,改动作品不在讨论范围之内。令人难过的是,我们在制作《风之谷》时,由于知识和经验尚且不足,这部作品被擅自做成糟糕的删减版,以"Warriors of the Wind"的名字在美国和其他地区上映。在座如果有哪位看过删减版,还请立刻忘了它。

吉卜力今后也不会预先考虑世界市场,根据跨国公司的市场营销策略制作电影。我们仍将维持现在的模式,优先考虑日本市场并努力创作,之后再讨论海外的发展。

吉卜力的未来

预计今夏上映的新作品《心之谷》采用了新的阵容:宫崎负责制作人、编剧和分镜的工作;在《萤火虫之墓》《魔女宅急便》《儿时的点点滴滴》等多部吉卜力作品中担任作画导演的近藤喜文则首次挑战导演工作。许多地方应用了最新的数字技术,进行了各种尝试。

吉卜力工作室在推出《心之谷》后又投入到第十一部长篇作品《魔法公主》的制作中,预计1997年上映。该作品仍由宫崎骏执导,将会大胆采用电脑表现影像,对吉卜力来说是新挑战。为此工作室在今年六月新设立CG制作室,引进最基础的CG系统,同时借来日本电视台负责《平成狸合战》CG部分的导演。第一年的投资中,仅系统成本就占了约一亿日元。《心之谷》中使用过的数字合成技术颇具效果，将正式应用于此次作品中。这可能会让平面动画的表现更具纵深感。

继近藤导演之后，为进一步挖掘新人，我们于今年四月开办了动画导演培训班"东小井村塾"，由高畑勋担任负责人。

谁也无法保证吉卜力工作室日后还能延续今日的辉煌，但我们不会忘记，每部作品都是一个新的挑战。今后我们将继续在内容、技术、人员上不断革新，我想这就是坚持吉卜力的理想最重要的条件。

我的演讲到此结束。若有疑问，我将尽力解答。不过我是用日语回答，还请各位见谅。

法国安纳西国际动画电影节演讲稿，1995年

"街道工厂"吉卜力
《千与千寻》打败迪士尼

去年,迪士尼董事长迈克尔·艾斯纳观看《千与千寻》时的反应令工作室一片哗然。一方面是因为艾斯纳说自己是第一次观看日本的动画长片电影,所有人都很惊讶。另一方面是因为艾斯纳每部电影只看五分钟这一点是出了名的,但《千与千寻》他却看到了最后,一直没有离席。结束后他说了一句"不明白"。他不理解为什么这部作品在日本能吸引两千三百万观众,创下二点五亿美元(三百亿日元)的票房纪录。

迪士尼在世界各国长期占据动画电影的最高市场份额。不仅动画,从真人电影到电视动画、网络动画都被纳入迪士尼旗下。世界上大部分软件也被二十世纪福克斯、华纳和迪士尼三大集团瓜分。

迪士尼动画电影唯一无法取得票房冠军的国家就是日本。在他们看来,日本市场应该达到现有的两倍或三倍,但总是不顺利。

于是,迪士尼和梦工厂陆续提出想要和制作了《魔法公主》《千与千寻》的吉卜力工作室共同制作电影,但我们现阶段并没有这个打算。在作品创作方面,两国的社会生活和风俗习惯相差甚远,制作体系也截然不同,再说肯定是小公司更利于创作好作品。

参观完迪士尼的工作室后，我发现那根本不是什么工作室，而是一个巨大的工厂，听说有段时期光是技术人员就有一千多人。吉卜力则是一家街道工厂，从制作到行政，上上下下只有一百八十人。今年春天，迪士尼的制作总监迪克·库克到访吉卜力，这种身份的人来访尚属首次。我们带他参观了工作室，他十分惊讶："啊，你们就在这么小的地方创作吗？"

虽然规模有差距，但实际的动画制作并没有太大不同。决定性的不同在于策划前的准备阶段。

从夜店故事到无脸男

迪士尼要制作一部动画长片，决定权在谁？不在导演，也不在影片中标明的现场制片人。决定这种大方针的，是被称为工作室负责人的全权制片人。刚才提到的迪克·库克不仅掌握着动画部门的决定权，还掌握着真人电影和电视剧等所有策划的决定权，负有全部责任。

大方针确定后，负责人聘请的现场制片人会找大约十名编剧写剧本。负责人过目后，圈出各剧本中有趣的部分，再交给另外几名编剧连成一个剧本。同步进行的角色设计需要五六名动画师，画出各种各样的人物。准备一部电影需要不下一百名员工，仅仅是筹备期就要花费两到三年，投入数以亿计的资金。

吉卜力就俭朴多了。宫先生对我说："铃木，下一部要做什么呢？我想了一个《千与千寻》的故事。"而我回答一句"听起来不错"就结束了。将策划整理成剧本、绘制创意草图等工作也是宫先生一个人来做，准备期不到三个月。

我和宫先生几乎每天都要聊一个小时，基本都是闲谈，长的时候会聊上五六个小时。有时这也会成为策划的开端。

《千与千寻》就是如此。最近宫先生一脸认真地告诉我："灵感来自你讲过的夜店故事。"可我对此并没有印象，于是问他："那是什么？"

我认识一个非常喜欢夜店的年轻人，当时好像是我觉得这位朋友讲的故事很有趣，于是说给宫先生听。据这位朋友说，来夜店工作的女孩大多腼腆内向，但她们为了赚钱要想方设法与男客人聊天应酬，在这个过程中变得善于交际，恢复了生活能力。客人也是如此，那里是不善人际交往的人花钱学习沟通的地方。在《千与千寻》中，"无脸男"这个人物发挥了重要作用。他喜欢在浴场工作的千寻却不会表达，大闹了一通。这就来源于那个夜店故事。

可我完全忘了这回事，不禁再次对宫先生感到敬佩，他竟然根据那个故事想出了"三百亿日元的故事"。参与者众多的迪士尼肯定不能这样做。

目前吉卜力工作室已经与迪士尼签订海外发行合约，相当于在日本的东宝、松竹旗下的电影院上映。这么做比较省事。

迪士尼的事业非常成功，但核心业务动画却表现低迷。虽然有《玩具总动员》《怪兽电力公司》等人气作品，但它们都出自与迪士尼有合作关系、由约翰·拉塞特领导的皮克斯公司。拉塞特连续推出四部作品，票房收入实现从一点五亿美元到三点五亿美元的飞跃，在好莱坞已经超越斯皮尔伯格。

迪士尼动画为何表现低迷呢？我认为是它丧失了时代性。1990年前后，迪士尼以杰弗瑞·卡森伯格为中心，接连推出了《美女与野兽》《小美人鱼》《阿拉丁》等作品。这个时期的迪士尼作品都很精彩，原因就在于它们具有时代性。

这些作品全部取材于古典故事，主题是歧视与反歧视。虽然在现代很难生动地刻画出这些内容，但这些主题仍然具有力量。另一方面，这些作品都以女性为主人公。《美女与野兽》就是从女性角度进行描写的。三十年来，女性和男性哪一方发生了巨大变化呢？无疑是女性。迪士尼让人看到女性做主人公、用现代视角诠释的古典故事。

这个时期迪士尼表现出色的另一个原因是学习了宫崎的动画。动画很难表现出纵向移动或者由远及近的移动，华特·迪士尼深知这点，所以过去迪士尼的动画只有横向移动。而高畑勋和宫崎骏挑战了纵向移动。在研究了两人的作品后，迪士尼动画中的纵向移动一下子增加了。在看《钟楼怪人》时，很多场景都让我想到《卡里奥斯特罗城》。

近几年制作预算膨胀，作品都成了"大制作"。《魔法公主》和《千与千寻》的制作费超过二十亿日元就被称为"大作"。《美女与野兽》时期，一部动画长片的制作费约为三十亿日元，而到了2001年《亚特兰蒂斯：失落的帝国》时期更是高达一百三十亿日元。还是三十亿时期更加健康吧？我认为增加的一百亿并没有在作品中发挥作用。

现在，美国受欢迎的动画作品都是3D动画。甚至有人说普通的平面动画已经没落了。日本是不是这样呢？我觉得不能轻易下定论。

日美之间存在文化差异。在美国，不管是3D动画还是平面动画，最先制作的都是人物的立体模型，然后用相机从各个角度拍摄，绘成画像。日本的做法则完全不同。哪怕不符合透视法，也要让线条看着舒服。夸张变形、没有层次，观众是不会满意的。要想制作出日本人认可的3D动画恐怕十分艰辛，还要花费数十倍的费用。

《千与千寻》完美地表现出了日本人喜爱的变形。宫崎按照自己看着舒服的样子，不断画出想表现的东西，得到了日本观众的认可，不知为何也受到海外观众的赞赏，还在柏林电影节上得到了金熊奖。说实话，我也不太明白怎么回事。《千与千寻》将从9月20日起在美国上映，发行方是迪士尼，我很好奇到时会收获什么反响。

主题曲就用日语版

对于《千与千寻》是否要在美国上映，我们有过各种争论。我认为很难吸引美国人去看《千与千寻》，这部作品明显是日本题材，故事的结构没有起承转合，我担心美国人看不懂。就像我最初谈到的，艾斯纳表示"不明白"，迪士尼引以为傲的市场专家也持否定意见。

之前《魔法公主》在美国上映也不是顺风顺水。最大的原因在于我们没有同意剪辑。《魔法公主》的发行方，迪士尼旗下的米拉麦克斯影业公司的老板哈维·韦恩斯坦曾说："《魔法公主》是一部优秀的电影，但里面的信息太过丰富，只有部分美国人能够理解。前九十分钟不做任何改动，剩下的四十五分钟就交给我们处理吧。"虽然他说得没错，但我们还是拒绝了。最后果然经历了一番苦战。

回到《千与千寻》的话题。我当时认为，如果要在美国上映，能委托的就只有皮克斯的约翰·拉塞特。他是宫崎骏的资深粉丝，也是我们二十多年的朋友。去年八月我拜访拉塞特，提议将英语版的制作、发行和放映全部交给他。他考虑了一会儿说："好，全都交给我吧。既然答应了，虽然会花点时间，就以一亿美元为目标吧。"

之后拉塞特又说服艾斯纳，承诺原封不动地上映。他所贯彻的方针是：亲自挑选配音演员，台词之外不加任何音效，再细微的也不行。真正让我感到惊讶的是主题曲。没想到他连主题曲也坚持选用日语原版。今年四月《千与千寻》在旧金山电影节上放映时，他和我一起站在台上致辞："迪士尼的人让我去掉这里、剪掉那里，而我像日本武士一样保护了原作。"

迪士尼核心事业部发行外国动画电影前所未有，听说迪士尼内部也很震惊。的确，过去所向无敌的迪士尼肯定从未想过会发行以日本为故事背景的日本动画电影。

吉卜力要休息半年

我们没有兴趣壮大公司，只想充分发挥公司的价值和作用，创作更多的优秀作品。

吉卜力从8月1日起将休息半年。宫崎骏导演的新作从明年2月1日开始制作，在此之前员工们都自由了。过去我们一有档期就承接电视台的工作，但这次我们告诉大家：这半年去做自己想做的事吧，2月1日精神饱满地回到工作岗位上就好。工资按"暂时停工"发放三分之二。

我常常对年轻人说:"在吉卜力工作并不重要,重要的是成为一名走到哪里都会被认可的动画师。"所以这次我也告诉大家:"如果去其他公司工作得很开心,也可以留在那里不回来。"有人担心人才流失,但只要吉卜力的策划具有魅力,他们自然会回来。胜负在此。

吉卜力原本是为了制作宫崎骏、高畑勋的作品而成立的公司。常常有人问我如何看待年轻人的培养。我想,最有利于年轻人成长的,应该是周围没有我和宫崎这样唠叨的老一辈的环境吧。

我一直都在倾听宫先生的想法,感觉他还有三部作品想做,我也只好奉陪到底。看样子,吉卜力还要再发展十年。吉卜力不会像迪士尼一样,追求世界各地都能欣赏的"国际标准"。我们想做的是,从我和宫崎的每日闲聊中,从我们追求的视觉特效中,发展出具有"时代性和普遍性"的作品。

《〈千与千寻〉打败迪士尼!》,《文艺春秋》,2002 年 10 月号

宫崎骏的信息来源

十几年来,日本和世界都发生了巨大变化。最大的改变就是信息化社会的诞生。

最近发生了这样一件事。迪士尼要发行《千与千寻》,于是今年秋天我去了一趟美国。迪士尼的骨干给我看了一篇文章,译自《文艺春秋》刊载的我的一篇访谈稿,题目是《〈千与千寻〉打败迪士尼!》。他礼貌地问我这是什么意思——顺便说一句,这篇"译文"在杂志发行的第二天就被看到了。

制作《千与千寻》期间,迪士尼的负责人曾要求"给我看做好的影片!哪怕只有一半也行",甚至专程飞来日本,让我非常惊讶。这在十年前根本无法想象。虽然我们有时会派人前往美国,但没想到有朝一日对方也会来访。这让我切实地感受到世界真的变小了,这些都是"信息"发展带来的结果。

日本变了,世界变了,当然,吉卜力也变了。最大的变化是公司到处都配有电脑。此外还有各种变化,但吉卜力的某个男人却完全不受影响。

这个人正是宫崎骏导演。

对宫崎骏来说,"信息"是什么呢?掌握怎样的信息才能做出那么受欢迎的电影?我想就"宫崎骏与信息"谈一下最近的思考。

五感不迟钝

先从身边的食物谈起。宫崎骏每天都吃些什么呢?

大家都成了美食家,天天说这家店好吃,那家店不错,但却从未听宫先生说过这些话。在我与他相识的二十五年里,他每天都吃夫人亲手做的便当。他的便当有个特点:铝制饭盒里的米饭总是塞得满满当当,他用筷子将其一分为二,分别当作午饭和晚饭。多年来配菜也没什么变化。每周四宫崎夫人会出门,宫先生自己做便当。只有这一天,他的饭盒里会摆上自己爱吃的菜。他喜欢吃牛蒡丝炒魔芋,辅以酱油调味。

偶尔想改善伙食,他就去车站前的牛丼店吃寿喜烧套餐。牛丼饭里的肉盛在另一个盘子里,便成了寿喜烧套餐,价格为四百八十日元。顺便一提,宫先生最喜欢的是炸猪排套餐。

他不怎么出去吃大餐,一年和大人物吃上一次饭,还满脸幸福地连连称赞:"好吃!好吃!太好吃了!"这是他的生活智慧。如果每天都吃山珍海味,舌头就会麻痹,尝不出什么好吃。宫崎骏的五感——视觉、听觉、味觉、嗅觉和触觉并不迟钝,仍然非常敏锐。

通过这些也能猜到宫先生的穿衣风格,他身上的衣服几乎都是从所泽的西友百货买的。

过去的日本人是衣食足而知礼节,现在的日本人则是物质过足而失去礼节,很遗憾这渐渐成了当代日本人的一大特征。

"日本动画也完蛋了！"

宫崎骏是如何应对这十年间出现的新事物——游戏机、文字处理机、电脑、互联网、i-mode[①] 以及 DVD 的呢？分别来看的话其实很有趣。

游戏机。他对红白机的出现反应迅速。一句话总结就是："它是动画的敌人！"所以吉卜力的作品从未改编成游戏。

文字处理机和电脑。他对待这两种机器的态度有些独特：可以使用文字处理机，但不能使用电脑。理由是文字处理机方便阅览工作文件，但电脑会给人一种只噼里啪啦敲敲键盘就算工作的感觉。虽然这个理由不算充分，却抓到了事物的本质。我费了很大力气才将电脑引进吉卜力。

宫崎骏最初认为，台式计算机是电脑，笔记本是文字处理机，因为吉卜力原来的两种机器——OASYS30AX 和 EPSON PC286、486 就是这样。于是我想了个办法：工作电脑全部采用笔记本。当看到大家的桌子上都放着一台 PowerBook 时，宫先生说："需要这么多文字处理机吗？"而我此前就已经嘱咐他们绝对不能告诉宫先生这是电脑。《心之谷》中有一幕是主人公月岛雯的妈妈在使用文字处理机，这个场景就是宫先生参照 PowerBook 画出来的。

不过，公司里的电脑也不能全是 PowerBook，看起来太不像话了，但也没办法在短时间内增加许多台式机，我只好在自己的办公

[①] 日本运营商 NTT DoCoMo 推出的一种移动上网服务，用户可以在手机上收发邮件、浏览网页等。

桌上放了一台PC8100还是8500。我判断宫先生对我有几分敬意，应该不会生气，不过我还是用了一个小计谋。我在电脑里安装上他唯一爱玩的游戏——将棋软件"柿木将棋"，然后向他炫耀。结果非常成功，没多久他就待在我的位子上不走了，还自然而然地开始学习使用鼠标。

互联网。我曾抓着他说明，可是无济于事。他只回了一句"无聊"就不理我了。没办法，我只好躲着他偷偷上线了吉卜力的主页。

i-mode。我刚解释到一半，他就开始做调查了。他去问了全工作室的五十名动画师"有手机吗""知道i-mode吗"。

过了一会儿，他又回到办公室告诉我结果，说这些人全都没有前途。

他最近的烦恼是电子邮件。目前他正着手准备今年十月的新作品，做了调查后来到我的办公室：

"铃木，大家都在用电子邮件，日本动画也完蛋了！"

他认为，工作之外有其他兴趣的人无法成为优秀的动画师。

画图不看资料

宫崎骏的想法始终如一。世界上只有两种人：自己体验的人和为他人提供体验的人。只想体验的人不必来做动画。

他画图的时候不看任何资料。有一次大家一起去爱尔兰旅行。爱尔兰西部有一座居民只有八百人的小岛，名叫阿伦岛，去岛上的酒吧只能步行前往。从酒吧出来已是夜半时分，那天是白夜，天空微微泛白。走到民宿附近，民宿的屋顶上站着一群乌鸦，它们突然振翅飞向天空。

我回过神来,发现宫先生正在驻足凝望。这一刻,即便是感受力较弱的我也意识到,我们的民宿处在唯美动人的风景中。我难得带了相机,想拍下这美好的一幕,可刚按下快门,宫先生就罕见地发起火来:"别拍了!"

他说拍照会分散他的注意力。我只好静静地观赏。大约过了五六分钟,他才说"回去吧"。

半年后,《魔女宅急便》制作期间,宫先生画了一张图拿给我看:"还记得它吗?"

什么记不记得,是那间民宿啊。我抬起头,发现他一脸促狭。

"我基本都记得,但还有些地方想不起来。铃木,那个时候你拍了照吧?"

一张原型图就这样诞生了。想不起来的部分就用想象填补。

他不信任看着资料画图的人。既然走画画这条路,就要对各种事物充满好奇心,时常观察。积累才是最重要的。

说句题外话,宫先生看电影的方式也很有意思。他有时一大早就对我说:"今天要去看电影。"晚上回来与我分享:"今天看了五部,有意思的也就一部吧。"

他看电影的时候不看片名也不管开始时间。他去新宿时就随便进家电影院,就算中途入场也毫不犹豫,觉得无聊就立刻换一部,觉得不错就继续看下去。不过他不会补看开头部分,评价是否有趣的标准也与众不同。曾经有这样一件事。

"成吉思汗的电影不错。我一直搞不懂那个时代的盔甲长什么样,今天终于知道了。"

"那内容呢?"

"内容我不太清楚。"

必看的节目

那他是不是对信息毫不关心呢？并非如此。相反他是个好奇心很强的人，比其他人更加关心各种事物。他通过四种方式提高"基本素养"。

一是报纸。《朝日新闻》《日本经济新闻》《赤旗》。

二是电视。宫先生看的唯一一档节目是周日晚上九点播出的NHK（日本广播协会）特别节目，通过它学习现代史。周一早上他会与我们讨论节目内容，所以吉卜力所有员工必须收看这档节目。曾经他还乘兴请来节目的制作人和导演一起讨论。他最近喜欢的是《变革的时代》NPO特辑。

这期节目对我们产生了很大影响。节目中讲到，如果说二十世纪是国家和企业发号施令的时代，那么在二十一世纪，非营利组织NPO成了一个重要选项。下面我为没看过的人简要介绍一下。

美国有座城市叫匹兹堡，因钢铁工业闻名于世。匹兹堡有个大型NPO组织，其预算与整个城市的预算持平，市政府不管做什么都必须与它商量。某天，该NPO计划重新开发市中心的废弃工厂区，主导推进一个价值四五百亿日元的项目。与市政府协商后定下方案：市政府负担一半资金，另一半通过募捐筹集。

NPO的核心成员多数来自大企业，还有人放弃一亿日元的年薪去NPO担任职业培训负责人。这位成员表示："赚再多钱也只是让股东高兴而已，我想过有意义的人生。"

我也是看了节目才知道，1600年英国通过了一项法律，规定社会福利由民间机构负责。当时英国打算贯彻"夜警国家"的理念，因而有很多类似当今的NPO的组织。迫使其发生重大改变的是俄国革命，苏维埃规定社会福利由国家承担。这给世界带来重大影响。1945年，英国的负责官员发表著名演说《从摇篮到坟墓》。后来英国又发生了一件大事——布莱尔出任首相。工党的胜利意味着要建设小政府，因此NPO再次受到瞩目。

节目中还介绍了匈牙利的例子：百分之一的国民税款会拨付给NPO，具体交给哪个NPO使用则由公民选择。

此前我没有意识到，但在和吉卜力美术馆馆长宫崎吾朗聊天的过程中我发现，将吉卜力美术馆也看作NPO，就非常容易理解了。

《龙猫》的联想

这么说可能有点突然，距离制作《龙猫》已经过去十五年了，我多少了解一些其中的秘密。

现在谈的有些偏离正题了，在作品的策划与制作阶段，宫崎骏总会告诉年轻人三个原则：有趣、值得做、能赚钱。

他说电影必须具备这三个要素，但他制作《龙猫》时却打破了这项规矩。他已经下定决心，赚不到钱也没关系。

我再详细讲讲。在写故事初稿的时候，宫先生像平时一样把内容拿给我看。和如今的《龙猫》不同，初稿中的龙猫在故事开头就登场了，表现非常活跃。

他问我："怎么样？"而我罕见地没有点头肯定。硬要说的话，当时我的感觉是"没意思",甚至觉得还不如做其他题材。宫先生对这种气氛很敏感,他试探性地问我:"怎么了?"

我忍不住说道:"这种角色一般都在电影的中间部分出场吧。"

宫先生思考片刻,继续追问道:"为什么?"

我只好回答:"E. T. 也是在中间部分才正式出场的吧。"

宫先生的表情一反常态地严肃起来,现在想想还恍如昨日。他沉默了一会儿,又恢复平时的笑容,说:"毕竟是'两片联映',这样也可以吧?铃木兄!"

毕竟是很早之前的事了,或许没有什么人记得。《龙猫》和《萤火虫之墓》是同时上映的。

与过去的制片厂时代不同,现在的电影导演非常辛苦。一部电影失败,或许就再也没有机会。因此,就算忍住不做自己想做的作品和主题,也要努力吸引观众走进电影院。相关人员全仰仗导演一人,我无法想象他们的压力有多大。所以宫先生才会钻牛角尖吧,觉得不允许失败,必须让龙猫这个充满魅力的角色贯串始终。

宫先生只在《龙猫》时期才摆脱了压力。《萤火虫之墓》的导演是高畑勋,对宫先生来说是亦兄亦友的存在,同时也是竞争对手。由高畑制作另一部作品使得宫先生能够在不同以往的环境中制作《龙猫》。他那句"毕竟是'两片联映',这样也可以吧?"就是这个意思。

我参与了宫先生所有作品的制作,从没见过他像《龙猫》时期一样开心。

奇怪的是,《龙猫》的票房成绩并不理想,后续的录像带和周边商品却非常抢手,结果反倒成了吉卜力最赚钱的一部作品。不以营利为目的的作品却收益最高,我深切地感受到了这个世界有多么不可思议。

想到与非营利组织 NPO 有关，便冒昧谈了此事。下面回到原来的话题。

从书中汲取知识，由旅人获取信息

三是书。

宫先生非常爱读书，他读的书大致分为三类。

儿童文学。

文化类书籍。他喜欢的作家是堀田善卫，最近喜欢堀辰雄。

与战争有关的书。他对战争感兴趣，最了解的是苏德战争。苏德战争共造成两千万人死亡，是历史上最悲惨的战争。他会阅读所有相关资料，或许这就是他毕生的事业。

四是旅人。

到访吉卜力的人带来的信息。最近是"城镇开发"的事。宫崎听完很多故事之后明白了一件事。日本现在好像有许多剩余土地："与不良债权有关的土地""倒闭的主题乐园""国有铁路旧址""填筑地"等等，现在参与城镇开发肯定会倒霉。真是受益良多。

"半径三米内到处是创意"

宫崎骏创作的时候会做些什么？丰富的创意是从哪里来的？

他用于策划的信息来源只有两个：朋友的话、与员工的日常闲聊。

他常常下意识地说:"半径三米内到处是创意。"

下一部作品是《哈尔的移动城堡》,改编自英国的儿童文学,今年十月开始准备工作。这次他也成了一名旅人,在《千与千寻》的美国宣传活动中收获颇丰。

● 其一

与日本不同,美国主流电影的宣传活动极其辛苦。宫先生第一天就接受了四十一个电视采访,每个六分钟。他对此有些反感,于是我对他撒了一个小谎。

"本来有六十五个采访的,我请他们减少到了四十个。"

夸张点说,他们的问题全都一样,相当于连续问了四十一次。

"什么是无脸男?"

"这部影片展现了多少日本传统?"

"您看完英文版有何感想?"

顺利完成四十一个采访的宫崎很开心,因为他感到自己依然体力充沛。

● 其二

这件事发生在美国首映会后的晚宴上。与迪士尼负责人聊天时,宫崎提了一个问题:"和过去的作品相比,最近迪士尼电影中的女性角色都缺少魅力。"

熟悉美国电影界的翻译为了不让负责人听懂,用日语告诉宫崎:"那是当然的。因为好莱坞的制片人、导演和动画师很多都是同性恋。"这番话令人茅塞顿开。

先声明,我对同性恋群体没有任何偏见。但他们很难真情实感地拍好异性恋的戏剧。

听说某大型公司的制作总监是同性恋,想要认真地拍一部表现同志之爱的大众娱乐电影,结果惹怒公司负责人,遭到开除。

我知道,随着文明的进步这种转变多少会出现,但是,美国这个国家富人少,穷人多。电影不谈男女之爱的话根本没人会看。

听完那番话后,宫先生嘟囔了一句:

"我下次要做爱情片。只有爱情片才能拯救世界!"

● 其三

宣传期间,只有9月11日晚上没有工作。我们联系了斯皮尔伯格的制片人、我们的老朋友凯瑟琳·肯尼迪,邀她共进晚餐。她问能不能带朋友一起,我告诉她"没问题",那位朋友好像是环球公司制作部门的负责人,也是位女性。

在餐厅见面后我有些惊讶,按日本的常识,这位负责人实在是太年轻了。她非常有活力,大快朵颐的同时还像机关枪似的不停说着手里的策划,向我们征求意见。

虽然有点不礼貌,但最后我还是问了她的年龄,竟然才三十四岁!

她的目标是凯瑟琳,而且明确表示从不认为自己是女人。

宫先生似乎也很欣赏她,饭后连续说了好几次很开心,之后和我说:"铃木,我已经想到电影的结局了。"

他说,电影里有座城堡,最后它会属于女主人公。

"嗯?"我表示不解。他继续说道:"现在是女性的时代了,这是通往和平的道路啊。"

我们不想为了创作电影去做特别的事。而是在每天的工作和旅行中认识朋友,从他们的一言一行中获取创作电影的灵感。

我相信,每个时代都有值得活下去的理由和美好的事物。

第五十回民营广播全国大会纪念演讲,2002年11月26日

漫画电影和动画电影

我认为，大家共同努力将一个人的构想变为现实是日本长篇漫画电影的最大特色。连细节部分都会照顾到——倒不如说，作品的创作是从非常具体的细节开始的。从脉络尚未清晰、剧本尚未完成时就开始打磨主人公的服装、女主人公的发型以及世界观等等，这些细节又和剧本相互影响，作品的主题在制作过程中渐渐清晰。因此在日本，另找编剧写剧本也帮不上忙。

负责作品核心的主创人员只能等待"他"搭好作品框架。初具雏形后他们会倾力制作，充分发挥个性与独创性。

西欧的情况与日本完全相反。短片暂且不论，一个人制作长片这件事，从合理性与现实性考量根本不可能。首先，大家要一起讨论策划案，构思主题。即使一个人才华横溢，也无法独自制作电影，个人的力量是有限的。故事梗概确定后，大家就可以负责自己擅长的部分，各自发挥个性和独创性。

我并不是要讨论哪种方式正确，哪种做法优秀。就像日本棒球与美国棒球并不相同，漫画电影与动画电影也大相径庭。要下定义的话，漫画电影的方式是导演中心主义，动画电影的方式则是策划中心主义。

二十多年来我在一线参与制作,与西欧人结下不解之缘,以上是我的感想。我感受到了漫画电影制作方式的乐趣与活力,但也预感到这一时代终将结束。即便在日本,众人合力实现一个人的构想也越来越难了。今后会出现怎样的作品呢?年轻人会以何种方式进行创作呢?我对此充满期待。

"日本漫画电影的全貌"展览图鉴,2004年

构图师宫崎骏

　　layout（构图）是什么？一句话概括就是，真人电影的摄像兼导演。也就是画面的设计图——人物在哪个位置？演什么内容？背景用什么图？摄影机如何移动？

　　听宫先生说，制作《阿尔卑斯山的少女》时忙碌得超乎想象。这部作品的导演是高畑勋。宫先生要誊清高畑圈点标记过的分镜图，完成构图后立刻与团队讨论，讨论对象横跨所有部门。

　　与动画师讨论作画，与美术部门讨论背景，与上色部门讨论用色，与后期人员讨论特效。此外宫先生还兼任另一项工作——动画师，他一有空就拼命画图。

　　他一周只回一次家，在动画播出当天。

　　某天，宫先生无意间听到高畑与制作人在大声争论，两人吵了很久，好像在说："为什么非要一周出一集！"

　　宫先生心想：有争论的工夫不如快点做指示。

　　有次宫先生感慨地说："我在阿朴[①]手下工作了十五年，献上了

[①] 高畑的昵称。

我的青春。希望有一天能还给我。"献出的青春就是指拼命画图的那段时光。

宫先生在自己成为导演、掌控全局后，忍不住感叹："好想要一个我！"

这个"我"正是曾经那个构图师。

之后宫先生开始详细地绘制分镜。《魔法公主》时期甚至放大了分镜图的尺寸。分镜图原本是用来决定每个镜头大致的角色剧情、背景原画和镜头长短的。宫先生尝试通过绘制精细的分镜图来取代构图。

由此可以看出，构图是动画制作的关键。能否从这些珍藏的构图中发现高畑、宫崎动画的秘密，取决于人们看图时的想象力。

"吉卜力工作室LAYOUT展"新闻稿，2008年

制作人发言
选自制作时的现场笔记

―――――

《平成狸合战》（1994 年上映）

《心之谷》（1995 年上映）

《平成狸合战》
（1994年上映）

1. 第二天早上的体育报纸没有大幅刊登记者会的报道，这是偶然吗？答案是否定的。不知为何，社长及其下属在发言中都一味夸耀吉卜力作品接连取得成功，最后甚至说出"目标发行收入最低三十亿，争取五十亿"这种傲慢不逊的话。没人愿意支持我们了，就连曾是记者的我也有同感，随便吧。台上的人始终没有谦虚地说一句"我们一直在做有趣的作品。要想让大众前来观看，还得仰仗各位媒体朋友"，鬼迷心窍了吗？

2. 平时，记者会后媒体都会蜂拥至吉卜力采访，可这次却没什么人来。这也不是偶然。媒体都换成了搭便车式的要求，与其说是支持作品，不如说是想利用吉卜力的人气。铃木伸子女士（博报堂前员工）知道具体情况。这究竟意味着什么呢？

3. 巨大的不安——宣传大幅减少？

4. 为何是猪呢? 这是《红猪》的卖点，如果再来一个"为何是狸呢"大家会怎么想？恐怕没人理睬吧。这么做只会得到一个评价："吉卜力也是千篇一律！"这是最可怕的。不用特意举出伊丹导演《大病人》的例子也能明白，大众是善变的。我最怕的一句话就是："已经腻了！"

5. 试着提一个想法。观众现在想看"狮子"，不想看"狸"。为什么呢？因为从流传的信息来看，目前迪士尼的作品看起来比吉卜力更有气势。

1991年的《美女与野兽》是爱情故事。1992年的《阿拉丁》是爱情冒险故事。1994年的《狮子王》则是格局更大的生命轮回的故事。直截了当地说，《狮子王》比《美女与野兽》《阿拉丁》更胜一筹。

相反，"猪后面是狸"又意味着什么呢？包含自我批判在内，整理后我得到以下结论：

第一，没有新鲜感。第二，换言之就是炒冷饭，格局太小。说得夸张一点儿，都不值得去电影院观看，会让人产生"就在家里悠闲地看录像带吧"的想法。"从风之谷到天空之城"的尝试也失败了。现在想想，虽然《魔女宅急便》和《儿时的点点滴滴》这两部作品都在讲少女独立，但不能说是"从魔女到岁月"，《儿时的点点滴滴》取得成功依靠的是作品的独特性。《狸》不能重蹈《天空之城》的覆辙，必须像《儿时的点点滴滴》一样重新出发。

6. 最近都有些忘记了，为了确认再谈一下。吉卜力作品的魅力是永远保持新鲜感，永远出人意料。宣传上也一直强调这点。这次的策划也令人耳目一新，但总觉得没有表现出来。这是为什么呢？其实相关人员也都明白这一点。为什么呢，是因为没有确定具体方针，还是因为"不许失败"的压力？

回顾过去，《魔女宅急便》是青春期女孩的故事，《儿时的点点滴滴》是以二十七岁女性为主人公的女性电影，《红猪》则强调自己不同于以往的宫崎动画，告诉人们故事内容是"大人的恋爱"，所以"小孩可以不看"。冷静思考后发现，每一次都是一场巨大的冒险，而这正是成功的关键。

7. 虽说每次的策划都不一样，但感觉大众对吉卜力作品的印象已经固化了，正如电通的报告中所言，吉卜力是唯一能让父母和孩子一起放心观赏的电影。这多半是沾了《龙猫》和《魔女宅急便》的光。

吉卜力作品＝宫崎动画＝优等生。

某个时期前这没有问题，但这次却不一样。

抽象地说，我们应该宣传的是一种"破坏性"，它存在于打破优等生印象的作品中。

8.《狸》这部作品的破坏性是什么呢？很难说。

为了探寻答案，得从与这部作品无关的闲话说起。

正如坊间议论的，细川政权之所以优柔寡断、遇事不决，是因为自身是个由七党一派组成的联合政权，这样解释大家能理解吗？

感觉理解不了。

优柔寡断的真正原因在于"平成时代"，这样说是不是又太突兀、太跳跃了？

想想由"昭和"联想到的词语，脑海中就会浮现出画面：军国主义、大日本帝国、战争、天皇、日之丸、原子弹爆炸，还有东京奥运和经济腾飞……不得不感慨一句：唉，日本人真是走过了一个艰难的时代啊。那个时期凶恶残暴，可谓动荡的昭和。

　　正要歇口气的时候，年号"平成"确定了。这个命名有着典型的轻佻浮薄。不知道是因为听起来像谎言还是缺乏真实感，如此重大的事却一点儿也不庄重，使得日本人依然沉醉于和平、富裕和快乐之中，彻底沦陷。之后泡沫经济破灭，"平成大萧条"静静地潜伏在深处。突然冲进一个前途未卜的时代，人们丧失了自信，不知所措地停在原地。

（节选自新闻稿）

　　我想说的是，现在所有日本人都"停在原地"，最终变得优柔寡断，就连细川首相也不例外。

　　举一个身边的例子。此次项目中出现了各种决断迟缓的情况，这也不是偶然。停止不动导致大家陷入沉思，茫然失措，而且压力很大。开玩笑地说，这个项目本身就是一个联合政权。算是六党联合吧？加上赞助公司就是八党？

　　说了这么多，就是想说明我们的宣传方针要强调"平成的狸猫"。前提是"平成"时代令人讨厌，所以狸猫才会窸窸窣窣地爬出来，应该宣传这一点。

　　在这个时代，如果狸猫在不知不觉间窸窸窣窣地爬出来，并且赖着不走的话会怎样呢？也许没有人抱怨，也没有人觉得奇怪，反倒是对现在还有狸猫出现这件事怀有一丝感慨和共鸣——我突然想到的这些，就是这个策划的起点。题目是《平成狸合战》。

　　说句题外话，细川首相与平成非常相称，果然是只狸猫。

9.国家本就是由政治、经济和军事构成的，一旦发生动荡，人民就会感到不安，只能眼睁睁地看着时间流逝，什么也不能做地停在原地。现在的日本正是如此。即便是一家公司也会上演同样的事，社长频繁的朝令夕改导致全体员工都处于瞎忙状态，无法专心工作，各行各业都有这种情况。

10. 冒昧地说，我认为此次遭遇了吉卜力和本项目的最大票房危机，各位怎么看？

11. 再谈《狮子王》

我们不应该率先提出合作，这样只会被人利用，最重要的是不体面，要是被大众知道就无法挽回了。如果是日本电视台等媒体报道"狸猫和狮子"就无可厚非，毕竟立场不同。就算放着不管，其他媒体也会对比两者吧——这种想法很天真，近来的趋势是放着不管就没有人报道。既然如此，我们就请关系不错的记者报道一下吧？

报道的重点是什么呢？下面谈谈一位吉卜力员工的意见。

他说重点只能是狸猫的悲壮感。

吉卜力不是用竹枪，而是用一根铅笔挑战大量运用CG的迪士尼。这一幕肯定会刺激日本人的泪腺，或者说触动日本人的大和魂。看到弱小的狸猫对抗百兽之王狮子，日本人会动恻隐之心。

因此，应该抛弃"狸猫吃掉狮子"这种说法。

12. 具体的提案

"《平成狸合战》这个片名非常没有格调。我明知如此还是定了它。"高畑勋导演近期在接受《圣教新闻》采访时这样说。这个回答其实很有启发性。相关人员听过太多次这个片名，已经无感了，但我希望大家回想一下初次听到它时的感觉。是看不起人，还是愚弄人？这个片名本来就极具冲击力，强烈程度并不亚于《红猪》。

过去，糸井重里先生曾说："光是《红猪》这个片名就已经是非常优秀的宣传语了。"《平成狸合战》也可以这么说吧。这部作品的破坏性恰恰来源于《平成狸合战》这个片名啊。

片名轻浮就够了，剩下的图画、主标语和副标语都应该突出认真。越是强调认真，和片名之间的反差就越大，作品的广度也因此大幅增加。相反，如果所有地方都做得滑稽可笑，作品的形象会立刻受损，变得粗俗廉价。那样就与"东映漫画节"那样的幼儿动画没什么差别了，这是最可怕的。电影要想大获成功，首先得号召大人去看。因此，第二个要重点处理的就是糸井先生所说的主标语：

　　即使是狸猫，也在努力生活呢。

毋庸赘言，这个标语非常优秀，与生活在平成年代的日本人完美契合，可以引起大人们的关注。现在无法确定的是副标语。好想干脆用这个！

　　"随着开发的推进，狐狸和狸猫都不见了。"
　　哎呀，能不能停下来啊？

我知道有人会说"这样看不太懂"，但只要明白"不见了"就可以了。这才是重点。观众会通过杂志等媒体了解作品内容后再走进电影院。有人担心孩子能不能看，对于小孩来说有片名就够了。

此外，不要杂七杂八地乱说一通，以免给人留下散漫的印象。说得越多就越显得没有自信。压轴的当然是这一句：

宫崎骏和高畑勋的吉卜力献给1994年夏天的最新作品

补充一点，给杂志等媒体的内容介绍可以用之前那份。

将要失去自己土地的狸猫
复兴祖先传下来的变身术
向人类发起挑战
结果会怎样呢？呜呼呼
勇气可嘉、令人怜惜
但这也是狸猫的愚笨之处

还有，不能忘记鹤龟和尚手上拿的——复兴幻术，研究人类。这也是非常出色的宣传语。

最后用一句话来总结这部作品：平成的狸猫物语。这句就足够了。我们应该重返初心，拿出自信。仅仅是最开始的"啊，是狸猫的电影"，就令大家很惊讶了。

下面是以前的相关报告。

● 本国第一部纯粹的"狸猫电影"

说起这部电影，所有人立刻想到的是狸猫在整部电影中不停变身，妖精妖怪大显身手，是一部非常欢乐的电影；要么就是描写了日本有史以来狸猫与人类最大的一场对战，是一部令人捧腹的动画电影。此外，有人说这是揭示人类破坏自然的电影，还有人说这是蠢笨可怜又讨人喜欢的狸猫们的奋斗故事。这部作品元素众多，每个意见听起来都言之有理。然而，哪种宣传效果最好是另一回事。

这部电影虽然打着"合战"的旗号，但是看过内容就会发现，它讲的并不是狸猫组成战斗集团与人类战斗，最后壮烈牺牲的故事。虽说是"变身"，但观众看到后要么露出微笑，要么捧腹大笑，没有那种让人们看得目瞪口呆惊呼"好厉害"的幻术。毕竟，狸猫们努力半天也没有什么收获，最后迎来了愚蠢呆笨的结局。唉，认真战斗的只有狸猫一方，这部作品以狸猫的"独角戏"告终，许多观众这时才有所感触。在平成大萧条最严重的时候，观众看着为了目标而努力奋斗的狸猫，时而开心，时而羡慕，时而同情，突然，又看到人类与狸猫渐渐重合在一起。

这部电影容易被当作狸猫对抗人类的故事，但它实际上是狸猫的独角戏——这无疑是本国第一部纯粹的"狸猫电影"。说自然和人类从头到尾都只是狸猫的陪衬也不为过。因此，我无法认同"这是揭示人类破坏自然的电影"这种说法。此外，也应该放弃"妖精妖怪大显身手"的表述。

● **日本电影的反复失败**

二十年来，日本电影在美国电影面前一直非常自卑，这是日本电影衰退的主要原因。美国电影长于"VR"——用以前的话说就是绝对不让观众失望的"真实表演"。《侏罗纪公园》大获成功的原因就在于此，它让人看到了真正的恐龙。相比之下，东施效颦的日本电影在这二十年里不断地山寨美国电影，都是粗制滥造，所以一而再，再而三地失败。我们不会重蹈覆辙。这不过是一部狸猫用"变身术"变身的电影，而且是动画电影，我不会用它去挑战美国的大制作电影。

补充一点，团块世代①以及更年长的人都知道日本电影全盛期的畅销作《初春狸御殿》，这样宣传恐怕只会让他们觉得，日本电影终究还是落到这般田地了吗？竟然把狸猫都搬出来了，看来已经自暴自弃了啊。即使是年轻人，内心应该也有这种想法吧。

我要说的就是这些。

---

① 出生于1947年至1949年间第一次婴儿潮的一代人。

《心之谷》
（1995年上映）

● **从大银幕消失的奥黛丽·赫本**

没有时间查资料，只好硬写了。

男女已经平等了吗？我试着自问自答。答案绝对是否定的，但我可以告诉大家，以二十年为一周期，进两步退一步的节奏，正在慢慢接近实现。之所以从这个话题说起，是因为它与《心之谷》有关。

以女性杂志为主的媒体呼吁"女性独立"大约是二十年前的事了。当时，公司完全是男尊女卑，只有少部分例外。职场中负责重要工作的都是男人，女人再有能力也只能当个副手，女人的能力都发挥在家庭中。

这种现象也反映在电影中，基本都是强壮温柔的男人保护柔弱美丽的女人。高畑勋所说的"护花英雄类电影"获得了大众的支持。

情况是从何时开始改变的呢？当我意识到的时候，以美国电影为中心，很多电影都开始让女性，而且是强大的女性当主人公。不知不觉间奥黛丽·赫本所代表的好莱坞女星纷纷从大银幕上消失，简·方达所代表的"职场女性"取而代之并开始受到大众欢迎。

宫崎骏的成名作《卡里奥斯特罗城》就像在反抗那个时代。它讲述了步入中年的鲁邦从反派手中救出外柔内刚的公主的故事，是一部充满古典浪漫色彩的电影。忆及往昔的粉丝流下眼泪，支持了这部电影，但票房却没有达到预期。

● **对男人的复仇**

"career woman"（职业女性）这个新词开始在社会上流行起来。女人步入职场已经成为现实。刚一毕业就要参加新娘修行，继而嫁为人妇，这种日本"古老美好年代"的常识就要分崩离析了。女人也要工作的时代已经到来，但这并不意味着男女平等。女人被迫作为男女平等运动的尖兵，在职场中展开另一场战斗。

虽然时代顺序有些颠倒，美国也开始出现倒转历史发条的复古电影——《星球大战》。不过，《星球大战》中的公主不同以往，她自己拿起枪与邪恶战斗。

此后美国电影的潮流大致分为两类。

比现实更快实现男女平等，不，实现女尊男卑的电影不就是《风之谷》吗？写到这里我突然想到这点。

它讲述的是一个女孩以一己之力拯救被男人们毁掉的地球的故事。《风之谷》也可以看作是一部向男人复仇的电影。对于这部电影获得成功的原因，有识之士强调是"人类与自然"的问题。但也有观点认为，娜乌西卡个性鲜明、勇敢高尚，让人预感到新时代即将到来，这种女性角色的出现唤醒了沉睡的女性意识。

● **吉卜力作品中的女性**

下面我会试着从女性角度来看吉卜力的作品，应该挺有意思的。

虽然是我的直觉,但也许可以从中了解这十年的女性史。

《天空之城》:
主人公必须是少年,而且还得是冒险动作片……虽然满怀信心,但巴鲁这个角色还是不显眼,给人留下印象的只有楚楚可怜的希达。这是宫崎骏对时代的反抗吗,还是说他想要力挽狂澜?

《龙猫》《萤火虫之墓》:
《龙猫》中的小月和小梅都是活泼的小姑娘。《萤火虫之墓》是清太讲述的节子的故事。很明显,这两部作品的主人公都是小女孩。

《魔女宅急便》:
在这部作品中,宫崎骏刻画了一位在独立与依赖之间摇摆的青春期少女琪琪,并正面描绘了琪琪的独立与成长。
琪琪是个从乡下到城市打工的女孩。这部作品用图画巧妙地说明了当时女孩们的愿望,它的成功并非偶然。

《儿时的点点滴滴》:
妙子出现时电视台的热播剧基本是职业女性的成功故事,高畑勋却将主人公设定为职场女性中的后进生,讲述了她重振精神的故事,引发了众多女性的共鸣。
女性都努力追求过职业发展,但只有少数人能成功,大多数职场女性都成了后进生。不久前,社会上不结婚的女人开始增多。

《红猪》：

很久没有人呼喊女性时代了，这部作品出现在此刻。吉娜和菲儿都是不依靠男人、自立自强的女性。现实中的男人已经沦为窝囊的存在。

这类女性的理想男性竟然有着猪的长相？

《平成狸合战》：

日本古老美好年代的价值支撑着过去的年轻人，如果狸猫是过去的日本人，年轻的狸猫就是年轻男女的青春群像。我印象深刻的角色是阿罗婆，身为女性的她是所有狸猫的精神支柱。

梳理完我发现吉卜力作品的主人公或重要配角很多都是女性。可以看出，宫崎骏不仅喜欢女性，而且一直都在回应时代的要求。

事后解释往往显得牵强附会，但为了话题顺利进行，还请各位多多包涵。

下面来谈《心之谷》。

● **《心之谷》是爱情故事吗？**

简而言之是这样一个故事：既然喜欢的男孩立志成为小提琴名匠，那么"我"也要写小说，两人发誓梦想实现之后结婚。放在过去根本不会有这种事。以前的日本女人会在男人找到要走的路后默默地跟随他，对于男人来说是非常合适的理想女性。

对月岛雯来说什么是最重要的呢？喜欢他和写小说，到底哪个更重要？她能不能分出先后顺序呢？

月岛雯要写小说。在她最痛苦的时候，圣司不在身边。以前的日本男人会在女人身边鼓励安慰,由此产生情愫或者爱情。

> 圣司:我都没有为你做些什么……只顾着考虑自己……
> 月岛雯:不是的,因为有你,我才能努力到现在。
>
> (场景1028)

临近结尾的这两句台词到底有何含义呢?

再往前看一点儿,分镜图上有这样的台词:

> 月岛雯:我不要做你的包袱。我也想成为有用的人。
>
> (场景1021)

这句台词非常重要,亦是这部电影的主题。

喜欢一个人,就必须与对方保持对等,所以自己也要实现写小说的梦想,忍受孤独,拼命努力。月岛雯在这个过程中渐渐找到自我。

宫崎在策划案中写道:"遇见能够让自己变得更好的异性。"这句话看上去非常老套,实际却蕴含新意。我认为月岛雯的想法与生活方式展现了现代女性的心声,各位怎么看?

举一个身边的例子。电影宣传公司的O先生最近结婚了,太太是电视广告作曲家,作曲就是她的人生价值,如果不让她作曲,那她的人生还剩下什么呢?看上去有些陈腐(冒犯了)的O先生也认同她的想法和生活方式,由此可以清楚地看到,他们的相处方式体现了现代的特征。

引言太长了。那么,《心之谷》这部作品可以完全放入爱情故事的框架中吗?

我认为不能。"爱情故事"摆脱不了过去日本男性建立的价值体系和以往的旧习，一旦这样定义，就立刻给人一种陈腐的感觉。女性想要的是适合女人的男人，以及适合女人的"爱情故事"。这样一来必须创造一个新词。难道就没有同时包含女人的梦想（自我实现）与爱情（恋爱）两方面的宣传语吗？写到这里，我要深深地自我反省。当时吵着用"爱情故事"来推销这部作品的是谁呢？就是我啊。对不起，我到底是个男人。恳请各位有关人士想一想合适的宣传语。

● 补记

我并不打算将这部电影的受众限定为女性，但无论如何也应该有女性。

以下是我想到的：

◆ 原著是少女漫画，我们没法阻止大众通过各种渠道获知信息，想藏也藏不了。但写明"少女漫画"有很大风险，很可能限制受众。哪怕一点儿风险也要小心提防。因此需要提前说一句：

距离混沌的二十一世纪还有五年，
为何现在要做少女漫画？

借此强调这不是单纯的少女漫画，怎么样？"混沌的二十一世纪"是世纪末的关键词，一定要加以运用，而且我判断它对男性也是有效的。

◆《读卖新闻》和讲谈社对合作有些犹豫，原因很清楚，《读卖新闻》说"改编自少女漫画的青春电影只能刊登在娱乐版面，但我们需要的是能够用在文化版、家庭版的作品"。讲谈社说"我们旗下多是男性杂志,少女漫画有点……"

我回复两家公司说:"请放心。距离混沌的二十一世纪只有五年了,吉卜力的主题就是超越世代的时代本身。"姑且不说这算不算一种回答,反正他们暂时接受了我的观点。

◆ 试着思考临时标语。

今夏献上快乐的梦想和美好的爱情

这句评价不错。没想到随便想的标语竟然会有这么好的反响,尤其在年轻女孩中间评价很高。接受的各种采访最后成了我写前面那份报告的契机。

梦想与爱情都要有,而且重点是先梦想后爱情。不过,我就不提名字了,这句标语其实盗用了某位知名广告人的话。

◆ 如果不用"爱情故事"的说法,最简单的方案是去掉"爱情",只用"故事"这两个字——不够充分吗?那就用"梦想故事"或者"梦想&爱情故事"?

◆ 写报告的时候突然想到,临近上映时一定要用那句台词当宣传语。

◆ 写小说的月岛雯——这句是不是也该放进宣传语中?

II

展现作品魅力

吉卜力的作品与制作团队

本章汇总了多篇根据吉卜力电影写的短文，并按照作品上映时间而非写作时间进行了排序。

不管制作方怎么想，作品的评价取决于每一位观众。作为制作人，我希望大家能亲自观看。为了打通渠道，除了发新闻稿以外，我们还通过其他各类媒体宣传作品信息，展现创作者的努力。本章对重复内容进行了删减，但有一些无法避免。

整理下来，电影与时代的关联性渐渐浮出水面。电影只有与时代交锋才会闪闪发光。这个认知是吉卜力电影创作的根本。本章最后刊载了"我的电影短评"，因为我想广泛地思考电影的时代性，它们也与本章的主旨有关。优秀的作品一定有独特的时代感觉。如何理解这点对思考吉卜力电影未来的发展至关重要。

前辈后辈

高畑勋和宫崎骏的关系要追溯到1963年。

某个时期之前他们一直是工作搭档。两人在东映动画相遇，高畑二十七岁，宫崎二十二岁。二人合作了《太阳王子霍尔斯的大冒险》，这是高畑导演的长篇处女作。刚进公司不久的宫崎还在拼命画图。

之后，两人又怀着同样的目标制作了《阿尔卑斯山的少女》《三千里寻母记》《红发少女安妮》等电视动画系列片。最后一部高畑执导、宫崎作画的作品是《红发少女安妮》。时间流逝，两人以吉卜力为阵地，各自担任导演，创作不同主题的作品。具有里程碑意义的作品是《龙猫》和《萤火虫之墓》。高畑喜欢刻画平凡人的喜怒哀乐，而宫崎擅长描绘少男少女们的冒险奇幻故事。

这次发行的两部蓝光版作品就是充分展现两人风格的代表作。两人既是前后辈，也是朋友，有时也是竞争对手，到2010年的今天，这种关系已经保持四十七年了。

迪士尼"吉卜力大珍藏"新闻资讯，2010年

制作印象集

我清楚地记得,在制作《风之谷》的电影配乐时,制作人高畑勋提议道:"我们先制作印象集吧?"

当时确实有根据漫画原著创作音乐的唱片企划,而且深受粉丝欢迎。后来便称这些音乐为"印象集"。

"这样可以对音乐进行两次确认。"高畑说,首先让作曲家自由创作,我们听完后可以确定曲子的好坏、方向性或不足之处。做成唱片能让观众在电影完成前就通过音乐欣赏作品,之后再制作正式要用的电影配乐就行了。

这是一个划时代的提案。之所以这么说,是因为日本电影一直都不重视配乐。或者说,普遍认为在为了及时上映而赶进度的时候,拿出时间制作电影配乐是一种浪费。日本电影的传统就是直到最后一刻都在进行后期处理,动画电影就是不停地作画。

此外高畑还提了一项建议:让宫崎骏根据作品意象写诗。选好题目,写下诗意的文字交给作曲家,会激发音乐创作的灵感。

于是在电影完成前,《风之谷》的电影配乐就先做成了印象集。宫先生一边反复听着久石让创作的曲子,一边专心作画,他那时的身影至今仍刻在我的脑海中。

那是1983年,距今已经二十七年了。直到现在,高畑想出的电影配乐制作方法依然在吉卜力发挥作用。《借物少女艾莉缇》也请塞西尔女士按照同样的方式进行创作。

《借物少女艾莉缇》原声带,2010年

宫崎骏、久石让组合是这样诞生的

久石让和宫崎骏初次见面是在制作《风之谷》（1984年）的时候，也就是1983年。

无论内容还是格局，《风之谷》都是好莱坞级别的超级大制作。谁能为它配乐呢？应宫崎骏的要求，制作人高畑勋担任音乐总监，我们就多位作曲家反复进行讨论。因为这种大制作并不是日本电影擅长的类型，经验丰富的人寥寥无几。坂本龙一、细野晴臣、高桥悠治、林光……人选很多，我们也与其中的几位见面谈过，但怎么也找不到合适的作曲家，能让我们将雄壮的交响乐交给他制作。

这时，德间日本通讯的负责人向我们推荐了一个人，就是久石让。如今久石被称为大师，但当时的他还是一名新锐作曲家，在给商业广告和电视剧做插曲的同时，还在自己的音乐专辑中发表简约音乐，构建自己的独特风格。

这是一场赌博。要想认真面对"一位少女拯救世界"这种荒诞不经的虚构故事，就必须是拥有某种天真、能够高唱人类信任的人，还得是能用坦率的眼神传达信念、不会被时代潮流所左右的热血男儿。高畑看出久石让是唯一具备这些要素的人，于是我们决定请他负责《风之谷》的配乐。

之后的作品《天空之城》（1986年）是一部冒险动作片，它与格局宏大、描写人间百态的前作截然不同。从影片内容考虑，第一人选是当时十分活跃的另一位作曲家。

然而，在结束初次会面的返程途中，音乐总监高畑突然有些苦恼：这样真的可以吗？最后，虽然很对不起那位作曲家，但我们还是决定再次交给久石让。结果各位也都知道，我们大获成功。

《风之谷》和《天空之城》的配乐都是制作人高畑负责的，所以接下来的《龙猫》（1988年）才是宫先生与久石真正的首次正面交锋。

这次问题出现在龙猫首次出场的巴士站那一幕。宫崎主张"这里不需要音乐，我想处理成无声"。真的要这样吗？有些担心的我又去找忙着制作《萤火虫之墓》的高畑寻求建议。

高畑的判断是"需要音乐"。当时的宣传方针注重龙猫的偶像属性，打算在宣传中主打这一点，我对此并不认同。我认为应该强调龙猫的灵性以及身为自然界精灵的神秘性，制作成年人看后也会相信龙猫真实存在的场面，因此必须借助音乐的力量。这是高畑和我得出的结论。

这又是一次赌博。我拜托久石为这一幕谱写一首具有民族风情的简约乐曲，但完全没有告诉导演宫先生。

宫先生是一个只要成品不错就会认可的人。最终，音乐被采用了。也就是说，久石的音乐打动了宫崎骏。那时我就确信，宫崎和久石的黄金组合已经诞生。

久石本质上是个浪漫主义者。他初次执导的电影《四重奏》（2001年）毫不掩饰地展现了年轻人都怀有的苦闷与青春特有的纯真，令我深受感动。从中我仿佛看到了久石本人，一个永远的少年。

那是现今难得一见的青春电影。即使身处不幸的时代也没有丢掉浪漫情怀，而且能够大方地表现出来，这就是久石与宫先生最大的共通点，也是两人至今仍在继续合作的最大秘密。

2005年夏天，宫崎骏正在准备《哈尔的移动城堡》之后的新作品。这部作品的配乐肯定也会交给久石让。

"久石让2005特别交响演奏会"手册，2005年

《龙猫》的红土

　　这是制作《龙猫》时的小插曲。当时工作室还在吉祥寺，空间非常小，与现在不可同日而语。工作人员将桌子拼在一起，所有人都挤在一起工作。动画制作现场就是大家在桌子前一个劲儿地画图。没有例外，就连宫崎导演也一样。

　　宫崎导演一旦开始创作，表情就会变得很严肃，与平日里的他不同。只有《龙猫》时期不是这样。宫先生曾经说过，因为是和《萤火虫之墓》联映，所以心情很放松。

　　大家都在默默地画图，而一旁的宫先生却和附近几位员工愉快地聊着天，画着图。

　　突然，有人大吼一声："吵死了！安静点！"

　　是男鹿和雄。

　　喊完这一句，他又聚精会神地画起图，仿佛什么事也没发生。

　　工作室的氛围一下子紧张起来。所有人都低着头。

　　过了一会儿，宫先生静静地站起来，拿粉笔在男鹿的桌子周围画上白线。

　　此区禁止进入。宫先生把食指贴到嘴上，像个淘气包一样做着

"嘘"的动作，看了我一眼。

　　事后想想就明白了。男鹿当时是第一次参与吉卜力的工作，不紧张才怪。

　　我清楚地记得，宫先生看完男鹿的图只提了一个意见：土地的颜色不对。关东黏土层的土是红色的，男鹿画的土地却是黑色的。这是因为男鹿在秋田长大，那里的土是黑色的。

　　好怀念男鹿努力满足宫先生的要求，将土壤改成红色的日子。我也忘不了小月四处寻找小梅时的画面。只用背景图表现时间流逝，太精彩了！名作《龙猫》就这样诞生了。

　　这件事过去快二十年了，那时男鹿才三十多岁。

"吉卜力画师男鹿和雄展"新闻稿，2007年

依巴拉度的世界

第一次见到井上直久是在制作《心之谷》的时候，距今已经十五年了。

最初宫先生提出，能不能用井上描绘的"依巴拉度"世界来表现电影主人公、中学生月岛雯的幻想场景呢？宫先生在《心之谷》准备期间偶然收到了井上个展（首次东京个展）的邀请函，漫无目的地逛了一下，结果井上的画给他留下了深刻的印象，于是就有了这个想法。那时宫先生第一次见到井上本人，觉得他非常幽默风趣。这部电影的导演是近藤喜文，但执行制片人、编剧和分镜都由宫先生担任。

如果采用井上的依巴拉度，就能用有独特魅力的背景美术来打造月岛雯创作的幻想世界。宫先生还认为，在"改变观察角度，现实中的风景也会如此动人"这一点上，依巴拉度的构想或者说见解，都与《心之谷》的主题相通。

一开始，宫先生打算让吉卜力的美术部门模仿井上的画风绘制背景图。但我提议，为何不干脆请井上本人来绘制电影用图呢？我试着联系井上，他欣然应允，我们愉快而顺利地合作了。

井上为电影全新绘制了大大小小共六十多张图。他基本都是在茨木市的家中作画，但在最后关头，我们请他来到位于东京都小金井市的吉卜力，在工作室里画了一周左右的背景图，而且还与宫先生同桌，两人一边聊天一边工作。多亏了性格开朗的井上，我和宫先生以及其他工作人员都受到了与平日不同的启发。尤其是负责画背景图的美术部员工受益匪浅，一些人后来仍与井上保持私人往来。顺便一提，只有用到依巴拉度的场景由宫先生亲自导演。

井上直久画展"依巴拉度纪行"手册，2009年

狸猫们的平家物语

● **1989年正月**

"铃木,能不能做一部主人公是'狸猫'的电影呢?狸猫是日本特有的动物,却没有一部讲它的电影,这不是证明日本动画界一直在偷懒吗?要做的话,可以采用以四国地区为故事舞台的狸猫传说《阿波狸合战》。"

高畑导演有一次这样提议。我觉得这是一个雄心勃勃的策划,没有应承下来。不知道是不是身为制作人的悲观性格使然,我对如何上映完全没有头绪。

几天后,宫崎也顺着高畑导演的话头提议:"铃木,我们做狸猫吧,就做《八百八狸》的故事。"我听到"八百八狸"就想起我们两人都喜欢的漫画家杉浦茂所画的《八百八狸》,没细想就回答"可以啊"。他听后开心地说:"下一部就决定做《龙猫对八百八狸》了。"我们为此兴奋了一个星期,宫崎甚至连图都画好了。那时《魔女宅急便》正在进行最后的赶工,一忙起来就这样逃避眼前的现实,宫崎经常这么做。

● 1992年3月

"铃木，我们做狸猫吧。"宫崎认真地提议。距离上次说到这个话题已经过去两年多了，我还清楚地记得那次讨论，于是毫不犹豫地附和"可以啊"。我连珠炮似的问他："高畑导演来做可以吗？但那样就不是《八百八狸》，而是《阿波狸合战》了，可以吗？"宫崎面露迟疑，但他能够快速调整心态，他重整旗鼓后提出两个条件。

"希望怀着敬意刻画狸猫。希望'哄堂大笑'接连不断。"

这时正值《红猪》制作的最后关头，也到了吉卜力必须确定策划的最后期限。

"从猪到狸，多有意思呀。"

最后宫崎乐呵呵地同意了。

我回复一句"好的"就立刻去找高畑导演。然而高畑导演也不好对付。他的反应和我预想的一样冷淡。

"我是说过日本动画界应该做一部主人公是狸猫的电影，但没有说我要做。如果有这种策划的话我会支持。"

"别这么说，还是得拜托您。"我给高畑导演看了杉浦茂画的《八百八狸》，请他去图书馆收集资料，推进对狸猫的研究。不过，他一般不会轻易答应人，所以我当时有种船到桥头自然直、破罐破摔的心情。

● 1992年5月

不久，高畑导演拿着井上厦先生的小说《腹鼓记》来找我，这部作品很难直接改编成电影，但是出于想要抓住救命稻草的心情，以及对方或许能为我们指点迷津的考虑，我联系了井上先生。

井上先生欣然应允，当面对我和高畑导演讲了很多构思，还问我们要不要看他写《腹鼓记》时收集的资料。

"现在日本关心狸猫的人恐怕也就五个左右。有关狸猫的事我一定帮忙。"

于是我和高畑导演前往存放资料的山形县米泽市迟笔堂文库。

越看资料越能了解，如今制作一部主人公是狸猫的电影有多困难。现在想来那真是最艰难的一段时期。

带着井上先生的资料返回东京的途中，我和高畑导演对制作"狸猫"电影几乎心灰意冷，还商量着要不要转为制作《平家物语》。回到东京，我无奈向宫崎导演如实汇报了情况，不料他突然发火：

"你根本不懂动画，所以才会这么说！"

手绘《平家物语》中出现的盔甲，让它动起来，给它上色，这些工作的难度超出想象。高畑导演也同意这一点，认为"说得没错"，《平家物语》的电影化也就没有下文了。

这时《红猪》已经快完工了。

● 1992年6月

"我们做狸猫是主人公的《平家物语》，怎么样？"

某天，高畑导演的提议给这个策划带来了转机。

"将《平家物语》里众人活得热烈、死得壮烈的样子换到狸猫身上，写成群戏。将狸猫的变身传说和生活时代放到现在，再联系上狸猫因为人类开发而被迫离开家园的情况。"

现在看到的作品主框架就这样诞生了。最终方案也是这个，做出决定的地点是高畑导演家。日本电视台的奥田和吉卜力的高桥也在。

● 1992 年 7 月

《红猪》上映后，我们正式实行新策划，故事舞台确定为多摩。故事内容是一群生活在多摩丘陵的狸猫因人类开发快要失去家园，打算复兴"变身术"反抗人类。

"这是一部虚构的纪录片，我想用戏仿的方式来描写现在的狸猫。"

要真实地展现生活在现代都市中的狸猫们的命运——按照高畑导演的构想，我们立即对多摩新城和狸猫展开调查，九月开始编写剧本。

● 宫崎导演的角色

宫崎导演的任务是什么呢？

他在这部作品中的角色是策划，不过他本人并不承认。宫崎导演的职务是"督战队"，就是战场上站在我军最后、喊着"冲啊！"激励战友的人。唉，要不是宫崎导演扮演这个角色，这部电影都不知道能否赶上夏天的公映。到了现在才能笑着说这些，但我真的发自内心地感谢宫崎导演。

● 写在最后

就因为宫崎导演提了一句"狸猫"，高畑导演做出了这样一部电影，双方都得承担相应的责任。我再一次认识到，拍电影真是太有趣了。

《平成狸合战》影院手册，1994 年

《魔法公主》这个片名

大约是1995年入冬后，宫先生过来找我，说想把片名《魔法公主》改成《阿席达卡萨记》。"萨记"是宫崎自己造的词，意思是口耳相传的故事。

这时宫先生总是很强硬。他对自己的构想很有信心，会滔滔不绝地说些有的没的来说服对方，比如阿席达卡是主人公，片名最好加上他的名字，工作人员尤其是女性员工多数都赞成等等。

我一时感到有些为难，因为凭直觉绝对是《魔法公主》更好。

理由只有一个。先不说有没有道理，我坚信《魔法公主》这个片名就是很有冲击力的"优秀文案"。

表面上，我们的讨论平静地破裂了，留待下次再谈。

那年年底，日本电视台要放映《龙猫》，届时还会播出《魔法公主》的首次特别报道。

宫先生这个人对特别报道、预告片之类的完全没兴趣，全部交给我来负责。

片名该怎么办呢？我没有犹豫不决，而是堂堂正正向世人公布了《魔法公主》这个名字，事先没和任何人商量。

宫先生过完年才知道这件事。他来势汹汹地问我:"铃木,你已经公布了片名是《魔法公主》吗?"

　　正在工作的我缓缓地抬起头,像什么事也没发生一样,平静地告诉他"公布了"。

　　宫先生一脸惊愕地回到工位,之后再也不提此事。

　　宫先生有这样的一面,不过要看时机和情况。我当时就是赌一赌。

　　在宣传活动中,只要被问及片名,宫先生就会说:"这个要问制作人。"

《风韵》,《电通报》,1997年10月6日

威尼斯逢旧友

我与哈维在意想不到的地方重逢了。我和宫崎吾朗受邀出席威尼斯电影节，结束正式放映等所有活动后，最后一天我们在酒店的泳池享受假日时光。

忽然，安静的泳池热闹起来。一对像是明星的男女来到这里拍摄。随行队伍可不一般，有三十人左右，两人身边都跟着强壮的保镖。喧闹中我认出了他。

哈维·韦恩斯坦，米拉麦克斯影业公司的前任董事长，曾让《魔法公主》在全美地区上映。作为电影制片人和发行商，他早已是美国电影界的知名人士。最近的一部作品是《纽约黑帮》，导演马丁·斯科塞斯也是位有名的制片人，和演员罗伯特·德尼罗等人关系不错。

他还有另外一面。引进外国电影时，他会重新剪辑影片，方便美国观众理解，助其取得成功。《天堂电影院》《莎翁情史》都是其中的代表。我们看的都是他剪辑过的版本。

《魔法公主》纽约首映会后的晚宴上，他果然提出要求："我想重新剪辑最后的四十分钟。"我们的回答很简单：不行。他的表情立刻变了："世界上没有人拒绝过我的提议。"

我们是唯一拒绝他的人，所以后来他很尊敬我们。可能只有我这么想，但后来不论在哪里遇到，他都会主动和我们打招呼。

我走到哈维身边，向他介绍吾朗："这位是宫崎骏的儿子。"他忘了正在拍摄这回事，大声欢迎我们。真开心，是那种旧友重逢时的欣喜。

《专栏时间》，《中日体育》，2006年9月13日

《隔壁的山田君》是这样诞生的

我认为电影的主人公只有三种。少数具有特殊才能的人、大多数的普通人，还有介于两者之间的人。

平凡的少男少女，普通的青年与大人。高畑勋导演总是以凡人为主人公，精心描绘日常生活中的点点滴滴，始终以温柔的目光注视着一切。这些喜怒哀乐看起来琐碎渺小，但对每个人来说都无比重要。观众的心情会随着出场人物的一举一动变化，时而开心，时而忧伤，不由自主地想起自己的朋友、家人和人生——这是高畑电影的一大魅力。我当时想，要是请高畑导演来拍《隔壁的山田君》这部有趣又有益的电影，他肯定会答应。

我是什么时候有这种想法的呢？这就不好说了。因为是事后总结出的结论。我开始读原著大概是在五六年前——差不多七年前吧。不过，最初做梦也没想到四格漫画可以做成长篇动画，我想高畑也是如此。当时只是想着能不能让吉卜力的年轻人做一部每天三分钟左右的电视作品。事实上我也去找高畑讨论过，但不知道怎么就变成现在这样（动画长片）了。

回想起来起因还是高畑。不知道他还记不记得，大概是在《平成狸合战》之后，他曾说："好想做一部让圆形、三角形、四边形都动起来，体现动画原有乐趣的作品。"我自然而然地想道：《山田君》怎么样？这么说很对不起石井，但我当时觉得那部作品应该轻松就能完成。

一天高畑导演对我说："铃木，说不定《隔壁的山田君》还挺有趣的，也许能做成长篇动画。"我吓了一跳，问："为什么？"他说："因为这部漫画讲的是家庭。"与高畑导演讨论时发现，认真表现家庭主题的作品不知不觉消失了。高畑导演还说，也许《隔壁的山田君》一家就是理想的家庭。这样一来，就看我了。我也觉得山田一家很了不起，平时随心所欲，做着各自喜欢的事，回过神来全家又都聚在饭厅里。

转眼间这部作品就完成了。虽然一直如此，但策划真的很奇妙，总是诞生于一件意外的小事，一次意想不到的机缘。

《隔壁的山田君》电影手册，1999年

脚踏实地，不懈努力

怀抱志向，秉持目标，并为此努力奋斗，这当然是一种优秀的生活方式。可是，在当今时代却很难做到。时代发生巨变，令人眼花缭乱，人们无法预料会发生什么，光是跟着时代前进就已经精疲力竭。在这样的时代，不要考虑太多，不为无谓的事所惑，脚踏实地地努力做好能做的事，做好眼前的事，我们只能如此。

有句话说"进三步退两步"，慢慢来就好。这样就能渐渐了解自己，未来也会越来越广阔。人生很长，不必着急。《猫的报恩》里的小春和《吉卜力传》里的野中都是这样的人。他们似乎就在我们身边，但实际生活中却很少见到这种人。看似什么都没想，其实在认真思考。虽然女孩子和大叔有所不同，但两人在这方面十分共通。

只要不做错事，就能过好快乐人生。也许活得平凡，但这就是幸福吧。我想用真实温暖的目光，认真追随他们的日常，刻画每天的喜怒哀乐。或许在旁人看来微不足道，但对他们来说非常重要。小春也体验了奇妙的世界。今年吉卜力反常地制作了两部追随主人公一举一动的电影。我相信，在这疯狂的时代，保持正常才是最重要的。

《猫的报恩》《吉卜力传2》宣传稿，2002年

不宣传的宣传

　　电影离不开宣传，但这次我们不做宣传。准确地说是不做一切内容介绍和主题解说。宫崎骏衷心地希望大家直接观赏电影，不需要多余的背景知识。

　　其中也有我们对《千与千寻》过度宣传的反思。好，此次就按照这个方针去做！然而我们刚刚做出决定，一直支持我们电影的有关人士就发来抗议：我们明明很想帮忙，你们却要无视我们的好意吗？我尽可能地见每一个人，诚心诚意地请求他们谅解。

　　怎样的宣传才是适度的？最近我和其他员工就这个问题讨论了很多次。比起宣传内容，更多的时间花在这里。

　　质比量重要。宣传不过是让人去看电影的契机。当有人说出这样理所当然的意见时，大家都露出了安心的表情。

　　用一句话来介绍这部电影：觉得人生无趣的少女苏菲被女巫施咒，变成老太婆后的她比以前更加了解自己。

　　虽然有些自吹自擂，但这真的是一部有趣又精彩的电影。宫崎骏六十三岁了，为什么这把年纪还能明白时下年轻女孩的心思呢？我认识他二十六年，一直待在他的身边，现在仍然觉得他是个令人费解的老头儿。

其余就不多说了。希望各位看过电影之后自由地抒发感想。

《哈尔的移动城堡》宣传稿，2004年

三次元的造型魔术

　　娜乌西卡、龙猫、无脸男、哈尔的移动城堡……过去出现在吉卜力电影里的众多形象走出大银幕，降临触手可及的三次元世界。一位魔术师将这些二次元的图画变成三次元的物体，让它们重获新生。这位魔术师就是中村园。

　　他尽情发挥想象力，塑造人物的身姿甚至性格。为了追求逼真的质感，从增强塑料到稻草，众多材质他无所不用。

　　自《儿时的点点滴滴》以来，我们已认识十五年了。其间，吉卜力每次发布新电影都会请他塑造出场人物及其舞台，这成为一种强大的助力，帮助我们更加真实地把握作品世界。2003年的吉卜力工作室立体模型展堪称集大成之作，最棒的是从《风之谷》到《哈尔的移动城堡》，吉卜力作品的模型全都汇聚一堂。这次展览也大获成功。

　　在2005年的哈尔的移动城堡大马戏展中，中村开创了一个新天地。

　　以往举办的展览只是忠实再现吉卜力作品的世界观，而这次的大马戏展在马戏团这一主题下，不再局限于电影世界，而是向着中村自己的世界迈出了一大步。

"用马戏团来呈现《哈尔的移动城堡》怎么样?"

有一天,中村提出建议,将哈尔等人比作一个马戏团,把展览场地设计成马戏团的大帐篷。

所谓的马戏团归根结底是一种杂耍,滑稽可笑的马戏表演背后伴随着悲伤。我觉得这很好地表现出《哈尔的移动城堡》这部作品的氛围。

这场展览圆满成功。中村的模型制作没有局限在作品描绘的范围内,而是进一步扩大了作品的世界。

《代序》,《造物造人》,中村园,2005年

经验还是灵感？

宫崎骏的儿子吾朗在七月上映的《地海战记》中首次担任导演。他们二人是一对与众不同的父子。

父亲在吉卜力工作室做电影，儿子是吉卜力美术馆的馆长。明明有许多交集，我却没听过父子两人交谈。有一次我问吾朗："从小就这样吗？"

父亲为电影牺牲了一切，基本上都不在家。少年只能追着父亲的影子，他身边只有两样东西——每月刊载父亲访谈的杂志以及父亲的作品。杂志反反复复读了很多遍，已经翻得破烂不堪，电影也看过无数次，于是他自然而然地对动画产生兴趣，学会了父亲电影所有镜头的制作方法。

但我并不是因为这些事才请吾朗执导的。最初我邀请吾朗参与《地海战记》的策划，而在策划过程中，吾朗的意见一针见血，绘图水平出类拔萃，我对此惊叹不已，认为他或许能胜任导演一职。

有一天我问他："愿不愿意来当导演？"过了将近两年，他才给我答案。那是当然的，毕竟他有位伟大的父亲，自己又是第一次当导演，而且还是父亲曾公开表示受其很大影响的题材《地海战记》。

我将这件事告诉身为父亲的宫先生，和我预想的一样，他听后强烈反对，震怒道："开什么玩笑！让一个完全没有经验的家伙当导演，太不像话了！"

我想起电影《红猪》里的一幕：主人公波鲁克委托飞机公司的社长修理心爱的飞机，社长介绍给他一位年轻的女设计师，波鲁克看到女设计师后想要拒绝，而女设计师问他："重要的是经验，还是灵感？"波鲁克回答："是灵感。"我在心里对宫先生开玩笑：你在电影里说谎。

不久，宫崎家召开家庭会议，全家一致支持吾朗。

《专栏时间》，《中日体育》，2006年5月31日

想做新歌

世世代代传唱的歌越来越少了——近几年我一直有这种感觉。

并非有什么事让我产生了这样的感慨，仅仅是我的感觉罢了，参与专辑制作的朋友们也许有更深的感受。

我并不知道原因。我听到的那些大街小巷流传的歌曲好像都在强调节奏，而且制作者投入了非比寻常的精力去调整音程。回想过去那个年代，不同年纪的人都会唱的歌有很多。那时日本人爱哼唱的曲子更重视节拍，而不是节奏和音程。重要的是歌声与歌词，其代表就是"唱歌"。

其实，知道《地海战记》这部作品需要插入歌曲时，我就想做一首新的歌，毕竟热门歌曲唱的都是男女间的情爱，歌曲的范围怎么会变得如此狭窄？于是，做好的插曲《瑟鲁之歌》通过重视节拍的方式，唱出了人类最本质的孤独。《心之谷》里，让中学生将《乡村路带我回家》翻译成日语来唱也是出于同样的想法。吉卜力工作室的作品有着逆时代潮流而上的一面。

不过，日本并非自古就有"唱歌"，而是明治初期才将其定为学校的一门课程，那时大部分"唱歌"都是用外国的曲子填上歌词，比如《萤之光》和《仰望师长》原本是苏格兰民谣。我不知道日本为什么会吸收这些曲子，也许是里面的节拍触动了日本人的心弦吧。

与"唱歌"形成鲜明对比，日本自古流传的童谣却很吓人。比如《五木摇篮曲》是十二三岁的孩子为了减少家中吃饭的嘴，被迫远赴他乡帮人带孩子时唱的歌，歌词中写满了每个孩子的艰辛，充满辛酸和怨恨。不过安徒生童话也是如此，大概哄孩子睡觉需要残酷一点儿的内容吧。

从这个意义上来说，这张专辑的名称虽然是《日本之歌》，但里面的曲目却都是"唱歌"，真是耐人寻味。如果能通过这个机会让"唱歌"重获希望，受到人们的关注，那就再好不过了。《找到了小小的秋天》《这条路》……每首我都喜欢。

如果这个系列能继续做下去，我想提一个请求：希望有人来唱爱尔兰民谣《庭之千草》。大约十五年前，我和宫崎一起去爱尔兰旅行，偶然走入一间酒吧，与当地人合唱《庭之千草》。他们用爱尔兰语，我们用日语。

CD《日本之歌第一集》封套说明，2007年

紧张的首场试映会

吉卜力的最新作品《地海战记》制作完成,上周三刚刚举办了首场试映会。首场试映是最后的检查,对工作人员来说是特别的日子,也是值得高兴的一刻。

可是,只有这一次,会场笼罩着异样的氛围。自《风之谷》以来,我陪同出席了近二十场首映会,渐渐变得从容不迫,这还是我第一次感到如此不安。

吾朗的父亲宫崎骏,竟然没有事先通知就来到会场。

"让一个完全没有经验的家伙当导演,太不像话了!"宫先生大发雷霆的事在工作室是公开的秘密,而且他还曾公开表示自己正在准备新作品,"无法冷静地进行判断,所以不会去看首映"。放映前,宫先生辩称自己是被四十年来的共事伙伴保田道世硬拉来的。

电影开始了。我哪里还看得下去,一直盯着前面宫先生的白发。在一片漆黑中,他的白发格外醒目。

电影演到一半时他突然起身离开。我的心脏几乎停止跳动。想想身旁吾朗的感受,就觉得非常绝望。

宫先生还会回来吗?回来之后我该跟他说话吗?说点什么呢?

我和吾朗做的电影是不是让他看不下去？我闭着眼睛，一直在想这些事。

十五分钟后，宫先生回来了。到底发生了什么？不过，他回到座位让我稍微松了一口气。

放映结束后，宫先生趁我与日本电视台的氏家先生交谈时离开。

三天后，《地海战记》举办庆功宴。稍晚来到会场的保田带来了宫先生给吾朗的口信。我在中场致辞环节大声宣读了宫先生的短评。

"制作方法自然纯正，不错……"

聚集三百名工作人员的会场里响起雷鸣般的掌声。

《专栏时间》，《中日体育》，2006年7月5日

宫崎骏导演的心境变化

这是三十五年前的事了。

我与漫画家乔治秋山聊过山本周五郎《柳桥物语》中的主人公阿仙,这个女孩用情专一、坚强真挚,也十分努力上进。

"这类女性是我的理想型,真希望有朝一日能够遇到啊。"

"那是不可能的。正因为现实中没有,所以男人才会描写这样的女性。"

乔治的这句话给我留下了深刻的印象。那时我还是个二十五岁的毛头小子。

之后,我遇到宫崎骏,他笔下的女性全都符合那些条件,让我非常惊讶。

《卡里奥斯特罗城》的克拉丽斯、《天空之城》的希达,还有千寻,都是这种类型的女主人公。

宫先生是四兄弟中的次男,结婚后生了两个儿子。在这样的环境中,他会理想化地描写女性也是必然的。

然而宫先生这次却画了一个任性自私的女主人公——波妞,真是不可思议。宫先生脱离理想形象,画了现实向的女主人公,这可是一件划时代的大事。

此外，制作期间还发生了一件事。

宫先生的工位在工作室的一角，主创团队集中在这里。有一天我走过去对他说："这部作品就是宫先生你的人生总结。女人任性又自私，但迷恋这种女人也是男人的本质。人生不如意事十之八九，正因为不如意才更吸引人。"宫先生听后非常赞同："对，你说得没错！"这一幕恍如昨日。

他的心境发生了怎样的变化？

难道只有我一个人从儿童题材的《崖上的波妞》中看到了宫崎骏的"老境"吗？

《想创》，《每日新闻》，2008年8月5日

忘不了童年时的约定

  大号的波妞正在唱歌。我去听了矢野显子的演唱会。那是叫羊毛卷吗？矢野留着花椰菜般的发型，比任何时候都要可爱。不知道是不是有了喜欢的人，她唱歌时仿佛在用全身传递喜悦。
  她是为了什么而唱？为了来到这里的观众。观众对此有何感受呢？
  借用宫崎骏的一句话：现代是不安和焦虑的时代，所以大家最想要的就是安心。
  人为了自己做事就会陷入不安，为了他人做事就会感到安心。
  波妞会张大嘴巴大口大口地吃最爱的火腿。当她说"波妞喜欢宗介"时，就是我们看到的字面意思。我们不会怀疑波妞的话，也不会揣摩她的言下之意。
  她的话是送给宗介的礼物，而宗介也会安心收下，所以他能这样回复："别担心，我会保护你。"
  五岁的宗介有生以来第一次相信自己以外的人，于是他才能与波妞相会。
  或许波妞长大后就会离开宗介，这并不是本质问题，因为宗介遇到了除自己以外可以相信的人，这份经历是毫无疑问的事实，已经成了他自身的一部分。

人永远不会忘记童年时的约定。

对了,据说宫先生的夫人看了这部电影后表示:

"宗介就是你吧。"

《想创》,《每日新闻》,2008 年 8 月 12 日

为何现在要做《借东西的小人》

我记得，宫崎骏提出要做这个策划是在2008年的初夏。

当时我在构思另一个策划，要做哪一个呢？我们讨论过很多次，彼此互不相让。一直争论下去也不是办法，最后我看在宫先生年长的分上做了决定。

《借东西的小人》好像是宫先生年轻时和高畑一起构思的策划，算起来有将近四十年了。忽然想起这事的宫先生一直推荐我看这本书，硬要说服我。或许是对自己年轻岁月的留恋吧。这在吉卜力时有发生。

不过，为何现在要做《借东西的小人》呢？我提出这个问题后，宫先生迫不得已做了种种解释：故事中"借东西"的设定很好，符合当今这个时代。大众消费的时代即将落幕，虽然也有经济不景气的原因，但只借不买的构想可以证明时代已经走到了这一步。

随后，性急的宫先生立刻开始撰写策划书。

　　动画长片策划《小艾莉缇》八十分钟
　　改编自玛丽·诺顿的《借东西的小人》。

将故事舞台从二十世纪五十年代的英国搬到 2010 年的日本，地点设定在熟悉的小金井附近。

生活在老房子厨房下的小矮人一家。十四岁少女艾莉缇和父母。

生活必需品全部找地板上的人家借的、"借东西"的小矮人们。既不会法术，也不是妖精。他们与老鼠作战，饱受蟑螂和白蚁折磨，同时还要躲避杀虫剂和杀虫喷雾，避开蟑螂屋和硼酸丸的陷阱，为了不被人发现而避人耳目、小心谨慎地生活。

父亲冒着危险外出"借东西"，勇敢坚毅；母亲用心打理家务、守护家庭，有责任心；少女艾莉缇有好奇心和强大的感受力。故事中保留着古典的家庭形象。

当我们从身高只有十厘米的小矮人视角来看这个司空见惯、平平无奇的世界时，可以重新找回新鲜感，感受这部小矮人用全身力气干活的动画的魅力。

故事描写了小矮人的生活，艾莉缇与人类少年的相遇、交流与别离，以及小矮人们为躲避冷酷薄情的人类所掀起的风暴和前往野外的经过。愿这部作品能给生活在混沌不安时代中的人们带来安慰和鼓励……

2008 年 7 月 30 日

从策划书可以看出，最初的片名是《小艾莉缇》。

我觉得这是个大胆的改动，便向宫先生询问，他说因为"艾莉缇"很好听，所以一直记得这个名字。不过，片名里并没有宫先生之前谈到的"借东西"一词。我指出这一点后，宫先生爽快地将片名改为现在的《借物少女艾莉缇》。

那么，由谁执导呢？

这可是个难题。吉卜力的作品一直由高畑勋和宫崎骏两人轮番导演，工作室以这种方式维持运转。回过神却发现两人都已经老了，再怎么老当益壮也有极限。就像《地海战记》时期起用年轻的宫崎吾朗一样，我们需要年轻力量。

让谁来做呢？这种时候宫先生会突然把我当成工作室负责人，不给我思考的时间。

于是我当即搬出正在监制新作的米林宏昌，我们叫他"麻吕"。我觉得他很合适，可宫先生却一脸惊讶地说："嗯？为什么？你从什么时候有这种想法的？""大概有两三年了吧。"

这种时候就要靠气势。我并未找麻吕谈过这些，只是被问到了，就顺势说出了他的名字。

顺便说一下，麻吕是吉卜力最优秀的动画师。他负责了《崖上的波妞》中波妞出场的场景，博得了宫先生的赞赏。

"好，就叫他来谈吧！"事情一旦决定，宫先生就会立刻行动。我赶紧把麻吕叫来宫先生的二马力工作室，两个人一起做他的工作。

首先，宫先生开门见山地说："麻吕，这是本次的策划。"然后把原著拿给他看，直接告诉他："你来当导演！"

平日里处变不惊的麻吕吓了一跳。

"导演不是得有自己的想法和主张吗？我又没有那些。"

于是，我和宫先生异口同声地喊道："那些都写在原著里了！"

麻吕十分茫然，但他没多久就接下了导演的工作。

最初麻吕总是看宫先生的脸色行事，后来大约做好了心理建设，开始画分镜后他便决定不再找宫先生商量，并把自己的决心告诉宫先生。

宫先生说:"没错!这样才是男人!"

现在全员正在按照麻吕画的分镜进行制作。

目前一切进展顺利。要担心的只有一点,那就是宫先生。不知道他什么时候会介入这部作品,因为他肯定担心麻吕。

《借物少女艾莉缇》宣传单、宣传稿、电影手册,2010年

你是个幸运的孩子

小时候，外婆经常对我说："你是个幸运的孩子。"这句话我听了一遍又一遍，久而久之它就在我心里扎根了。这让我养成一个习惯：每当尝试新事物时总会没来由地认为，船到桥头自然直。

这次也是，策划案敲定后，宫先生问我导演该由谁来，我下意识地脱口而出："麻吕……"他接着问我什么时候有这种想法的，我说："有两三年了……"当时我大概想的是：不行就再找别人。

宫先生之所以会这么问，是因为他自己也毫无头绪。虽然我和麻吕，也就是米林宏昌，在同一家公司工作，但也不太了解他的为人，只是无意中知道了有关他的三点风评：画艺高超、品德优良、举止风貌上佳。我知道画得好不代表能做导演，而且麻吕来吉卜力工作已经十多年了，我却没有和他面对面好好说过话，所以在被宫先生问到之前，我从未想过找他执导。当我下意识地说出他的名字时，最惊讶的不是别人，而是我自己。

经常有人问我，是灵感使然吗？并没有那么厉害，只是必须要选一个人罢了。如果有，那也是压力使然。选择塞西尔女士也是如此。那时我们正在为主题曲发愁，突然收到一张大洋彼岸寄来的

CD，我出于抓住救命稻草的心情试听了一下，结果发现竖琴的音色正好适合小矮人。可怕的是这种偶然经常发生。或者说每天都会发生这种偶然。

麻吕当了导演，比我们想象中的更加顺利，这时宫先生说："我们真幸运啊，还好有麻吕。"我也发自内心地认同这句话。我们每天都在走钢索，这就是真相。那时我忽然想起外婆说的话：你是个幸运的孩子。对了，我外婆的名字是"大岛MIYA"，大家都叫她"MIYA女士"[①]。

《借物少女艾莉缇》宣传稿，2010年

[①] 在日语中，"MIYA女士"（みやさん）与宫崎骏的昵称"宫先生"（宫さん）读音相同。

吉卜力培养的导演诞生了

　　写完策划脚本我就不再多嘴、不再插手了——宫崎骏说到做到，直到首映会才看了《借物少女艾莉缇》。绘图团队陪同观看，导演米林宏昌当然也在。

　　电影结束，灯光亮起。这时出现了空白——所有人都沉默不语。宫先生催促坐在前面的麻吕站起来，用自己的右手高高举起他的左手。所有人都如释重负地用力鼓掌，掌声经久不息。

　　宫先生走出试映室后只说了一句话："吉卜力培养的首位导演诞生了。"

为角川 Cineplex 影院题字，2010 年

《来自红花坂》策划定案的经过

常常有人问我，策划案是如何确定的？为什么要做《来自红花坂》呢？其实那段时间我们讨论了各种策划案。最初打算做林格伦的《绿林女儿罗妮娅》，以吾朗为核心撰写剧本大纲，一直想做这个项目的近藤胜也也加入进来，负责绘制角色人物，但越研究越没有想法。

有段时期我提议说：咱们转换下心情，做山本周五郎的《柳桥物语》吧。以江户时代因地震、洪水和大火而陷入混乱的江户町为背景，交织出年轻男女的故事。

主人公阿仙有两位做木匠的异性发小。庄吉立志成为出色的木匠，与阿仙确定终身大事后，踏上前往近畿地区的旅程。另一边，憨直的幸太求婚总是被拒绝。

就在这时，灾难袭击江户町。

险些葬身江户大火的阿仙被幸太救下，可幸太却因此丧命。阿仙失忆了，醒来时怀中抱着一个陌生的婴儿。因为阿仙总是胡言乱语地叫着"阿幸"，孩子便被取名为"幸太郎"。

这件事引发了误会。回乡的庄吉因此责怪阿仙，说那肯定是幸太的孩子。恢复记忆的阿仙明白了真正爱自己的人是谁。于是，阿仙决定与孤儿幸太郎一起坚强地活下去。

如果这里有座桥，许多人就不用死。这就是标题的由来。

故事的结局是人们在此修建了柳桥。最初是对城市感兴趣的吾朗拿着江户时代的旧地图幻想各种情节，之后一直进展顺利，但还是因为各种情况告吹了。

现在回想起来都觉得毛骨悚然。如果继续推进这个策划会发生什么呢？

我绝不会说当时预感到要发生地震。

和平年代，我们要将灾害当作一个警钟，思考人生在世什么才是重要的。这是我想做的主题。

顺便一提，我的家乡是名古屋，小时候亲身经历过伊势湾台风的可怕。

策划尚未确定，沉闷的日子还在继续。有一天，宫先生提议说："铃木，我们做'红花'吧！"这话让我瞬间想起一件往事。

时间回到大约二十年前。在宫先生位于信州的山中小屋里，我们每晚都在讨论能不能把少女漫画搬上大银幕。在场成员有年轻的押井守、庵野秀明和饭田马之介等。

要做这个策划吗？当时宫先生放弃的理由是"原著里的学生运动现在已经不流行了"，但如今情况不同。

那是前年的12月27日。临近年关，如果就这样过了年，连续两年制作电影的计划就会化为泡影，我开始觉得这大概也是没有办法的事。

这时我下定决心，并立刻告诉吾朗，他也迅速做了决定：

"这样的话，我什么都可以做！"

我还没有好好地重读一遍原著。但算一算距离开始改编《绿林女儿罗妮娅》已经过去一年多了。

新年一过，宫先生就立刻开始编写剧本。人物设计和美术设定也同步推进。我提议像《借物少女艾莉缇》时期一样起用丹羽圭子，宫先生也没有异议。

丹羽圭子是我在《Animage》时的下属，自她进入公司，我就搞不懂她在想什么，平时总是发呆。但是她的文章写得非常漂亮，善于抓住重点。

那时，我作为总编辑要不停地修改大家的稿子，只有在看她的稿子时能松口气。

有次我们要出版编剧一色伸幸的书。他来到编辑部后吓了一跳："她……是丹羽圭子吧？"

他解释说，丹羽是他在松竹剧本研究所时的同学，她总是写得最好的那个。私底下大家都在传她是天才少女，然而她却突然销声匿迹……

我去追问丹羽圭子，她爽快地承认了。事后她依旧努力工作，仿佛什么也没有发生。我来吉卜力后请她为《海潮之声》编写剧本，她立刻答应了，看起来也不是特别惊讶。她在《地海战记》中同样展现了编剧才能。《借物少女艾莉缇》时期，宫先生说想找人编写剧本，我便推荐了她，工作顺利进行。

当时我们的做法是：宫先生在白板上写好故事大致的起承转合，在白板上画出设定，大家根据这些发挥想象，把想到的东西说出来。大多数时候，她一晚上就能写出原稿，还帮着理顺故事脉络。翌日清晨，宫先生还会将他半夜或是上班途中想到的新点子在她面前说个不停。

经过不断打磨,《借物少女艾莉缇》和《来自红花坂》的剧本都完成了。

再多说几句,这段时间我去见了几位本来要与宫先生合作的编剧,但所有人都因宫先生脑筋转得太快或是可怕的朝令夕改而不见踪迹。

丹羽圭子为什么就能跟上宫先生呢?

不过策划这件事真的非常有趣。做《柳桥物语》时想到的东西,其实对《来自红花坂》也有帮助。

松崎海和风间俊可能是同父异母的兄妹是这部电影的关键。结果真实的原因是战后混乱期的人将朋友留下的婴儿当作自己的亲生孩子上了户口。

不是自己的孩子,却入了自己的户籍。

对于今年七十岁的宫崎骏来说,这是理所应当的事。而我也是小学五年级就开着汽车在大街上到处跑。我想开父亲公司的车,司机便来教我,擦肩而过的巡警还笑眯眯地向我挥手,好怀念那些日子。现代人很难理解那个时代的宽容。

在我心里,决心与幸太郎一起活下去的阿仙和《来自红花坂》的故事重叠在一起,而我也看到了制作这样一部电影的意义。

《来自红花坂》剧本,角川文库,2011 年

用爵士乐怎么样？

促使我们起用武部的是雅马哈的佐多美保。

请谁来负责主题曲的编曲呢？佐多列了一份候选名单，武部的名字就在上面。听完佐多准备的音源后，我毫不犹豫地推荐了武部。起到决定性作用的是手嶌葵演唱的、今井美树的《Piece of My Wish》的DVD，在场所有人都听得很感动。无论是歌还是编曲都非常完美，没有人有异议。视频中也出现了武部的身影，他在小葵身后弹钢琴。

巧合的是，我说曾经在NHK的《Professional》中见过武部工作的样子，吾朗听后笑着说"我也看过"。

于是，我说出珍藏的秘密："其实，佐多的老家隔壁就是见证武部成长的家。"

"没错，我是听武部先生的钢琴长大的。"比武部年轻的佐多开玩笑地说。

缘分这种东西很不可思议。干脆连电影配乐也交给武部怎么样？这样一来剩下的事就好说了。

我滔滔不绝地劝说相关人士。武部是当代首屈一指的编曲家。

如今是改编的时代。绘画、小说、漫画、电影以及音乐全都有源头。从某处找出亮点，然后决定是原封不动地引用，还是模仿到看不出源头。包括作曲在内，这个时代就是在改编。武部大概在工作时对此有所认识，才会在编曲家的工作上竭尽全力。他会以匠人精神处理电影方面的要求。

以吾朗为首的员工全部赞成。于是，我们决定将《来自红花坂》的配乐交给武部负责，立刻与他商议。

首先我们请他在吉卜力试映室观看了由分镜图串连而成的动态样片，了解电影的大致内容。回到会议室后他立刻提议："用爵士乐怎么样？"大概是电影的节奏和1963年的年代设定让他有了这个想法。

我们请他先做几首曲子出来。音乐很难讨论清楚，听到声音才能理解并提出意见。

不久，我们便收到第一批钢琴样曲。吾朗非常满意："曲风明快，是我们想要的。"

我也持同样的看法。

吾朗又说："不知道严肃的场景配上轻松的曲子会怎么样。"

这个想法很有意思。音乐的方向就这样确定下来。为伤感的场景配上悲伤的曲子很简单，因为观众可以代入自己的情感。与之相反，如果配上轻松的曲子，观众就能抛开角色冷静观看。这样一来能更好地传达出电影想要表达的意思。

从那以后，武部只要有时间就陆续把曲子寄来。工作效率高，且做事果断，与我在《Professional》中看到的他一样。

寄过来的曲子全是钢琴样曲，我们请负责音效的笠松广司将曲子匹配到动态样片中。看完我们坚定了信心——这样就可以。当然，结尾部分不要用所谓的管弦乐编曲，编组也要少，这才适合这部作品。方向就这么确定了。

之后，工作顺利推进。

接下来到了根据每一幕的长度录制音乐的阶段。

这时我向武部提了一个轻率的建议：将电影配乐全部改为钢琴曲。

最近的配乐总是声音太厚，人工痕迹过重。我说："只用钢琴怎么样？"武部皱起眉头，笠松像平时一样露出模棱两可的表情，吾朗则一脸诧异。武部最先开口："你说只用钢琴，我们在关键时刻这么处理，可以吗？"

虽然我的意见被无情地否决了，但建议就应该试着说出来——这件事成了制作这张《钢琴素描集》印象集 CD 的契机。

听着这张专辑，我回想起过去的日本电影。说起来，六十年代日活的青春电影中好像有很多曲子都是这种感觉。我在自己收藏的 DVD 中找到石原裕次郎主演的《该死的可恶》，打开片头，马上就听到爵士乐轻快的声音。

武部聪志《〈来自红花坂〉印象集~钢琴素描集~》封套说明，2011 年

我的电影短评

《隐剑鬼爪》　　　　　《周围的事》

《百万美元宝贝》　　　《切·格瓦拉传：阿根廷人》

《欢迎来到乐奠村》　　《闪电狗》

《春雪》　　　　　　　《阿凡达》

《洲崎天堂红灯区》　　《奥斯卡与玫瑰夫人》

《未来之我制作法》　　《最后的忠臣藏》

《失败之翼》　　　　　《父与女》

《母亲》　　　　　　　《十三刺客》

《隐剑鬼爪》

　　导演：山田洋次　发行：松竹　2004 年

　　为了与地位悬殊的姑娘一起生活，男人放弃了武士身份。

　　他使用的秘技是隐剑鬼爪。隐于心底的是爱意之爪。

《百万美元宝贝》

　　导演：克林特·伊斯特伍德　发行：Movie-Eye、松竹　2005 年

　　时隔许久，在好莱坞电影中，"人生"再度归来。

《欢迎来到东莫村》

　　导演：朴光铉　发行：日活　2006 年

　　伟大领袖的出发点是让大家吃饱。

　　这句台词让我非常感动。

《春雪》

　　导演：行定勋　发行：东宝　2005 年

　　这个男人是个自私的青年。

　　给别人添麻烦，又毁了一个女人的一生，自己也逐渐走向毁灭。

　　让谁都无法幸福，甚至故意唆使别人变得不幸。

　　可是，我看完后却愕然发觉，自己竟然被这样的主人公吸引了。

《洲崎天堂红灯区》

　　导演：川岛雄三　DVD 发行：日活　1956 年

　　我很喜欢川岛雄三导演。

　　听到这句话，别人的反应基本是："《幕末太阳传》，对吧？"

但对我而言，川岛雄三是《洲崎天堂红灯区》的导演。

《未来之我制作法》

导演：市川准　发行：日活　2007年

许久没有这么觉得了，十四岁的女孩真美。

《失败之翼》

导演：森本理沙　发行：Cinequanon　2007年

此前我见过各种特攻的"幸存者"，但还是第一次遇到这样一群老头儿。

《母亲》

导演：山田洋次　发行：松竹　2008年

幽默风趣、心地善良的青年小山，忽然与寅次郎重叠在一起。这样一来，母亲就成了日本永远的麦当娜。

《周围的事》

导演：桥口亮辅　发行：Bitters End　2008年

这部电影的亮点在于不忘记过去。

通过一位法庭画家的眼睛，淡淡地描写这十年来日本发生的种种社会案件。

《切·格瓦拉传：阿根廷人》

导演：史蒂文·索德伯格　发行：GAGA Corporation、日活　2009年没有格瓦拉的时代是不幸的，但需要格瓦拉的现代更加不幸。

《闪电狗》

　　导演：克里斯·威廉姆斯、拜恩·霍华德　发行：迪士尼　2009年

My hero. Your hero.

　　对你而言，时代的暗号只是成为一个平凡的英雄。

《阿凡达》

　　导演：詹姆斯·卡梅隆　发行：二十世纪福克斯　2009年

　　这部电影是懂美国历史的。

　　看着这部电影，我想起了越南、伊拉克、阿富汗。

《奥斯卡与玫瑰夫人》

　　导演：艾力克·埃马纽埃尔·史密特　发行：KLOCKWORX + ALBATROS　2010年

　　麻烦了。看见好电影，就不会做电影了。

　　真苦恼啊。

《最后的忠臣藏》

　　导演：杉田成道　发行：华纳兄弟　2010年

　　年龄相差三十四岁、五十岁和十六岁的元禄爱情故事。

　　意志坚定，一心一意。

《父与女》

　　导演：迈克尔·度德威特　DVD发行：Happinet　2000年

死去的父亲最后与女儿在彼岸重逢,他们紧紧地拥抱在一起。

西欧的观念是有始有终,不可能上演这样的"重逢"。为什么还会出现这种作品呢?

迈克尔回答说,简而言之,就是直觉。

《十三刺客》

导演:三池崇史　发行:东宝　2010年

稻垣吾郎饰演将军的弟弟。随心所欲、恣意妄为、穷凶极恶。

他想要活着的实感。为了讨伐他,匡扶天下正道,十三名刺客挺身而出。

这一天终于来临。最后五十分钟的殊死搏斗让我无法移开视线。

III

遇见的人，
交谈的人

一些人曾在生活和思考方式上给予我很大影响，他们促使我思考吉卜力应该成为的样子。这一章收录了关于他们的文章，并且附上了我们针对电影和媒体的对谈。

德间康快社长（1921—2000）、尾形英夫先生（1933—2007）、氏家齐一郎先生（1926—2011）可以说是吉卜力的养父。他们个性强烈，有着超越企业经营的热情。吉卜力希望永远都是"初创期"这一态度与他们有某种共通之处。

堀田善卫先生（1918—1998）、加藤周一先生（1919—2008）、网野善彦先生（1928—2004）、井上厦先生（1934—2010）是日本代表性的知识分子和文人，他们开阔了我的眼界，对我有教诲之恩。我对此唯有感谢。

德间社长和野间宏

将文学作品改编成娱乐电影，这是德间康快社长的一大特点。

《敦煌》和《俄罗斯国醉梦谭》按理说都应该拍成文艺电影，可他却故意做成了娱乐电影，这很符合德间社长的风格。为什么要弄得那么麻烦呢？似乎与他的人生有很大的关系。

战后，德间社长因赤色整肃被赶出《读卖新闻》。昭和二十三年，他接受中野正刚之子、学生时期友人中野达彦的邀请，进入真善美社担任专务董事。真善美社就是在战后文学中发挥了重要作用的那家传说中的出版社，拥有花田清辉、野间宏、中村真一郎、安部公房、加藤周一等后来声名鹊起的作家，还以最早出版埴谷雄高的哲学巨著《死灵》而闻名。

可是，他们出版的书曲高和寡，根本卖不出去，第二年出版社就倒闭了。之后，德间社长仍与他们来往了很长时间，与野间宏的友情更是持续到对方离世。

后来又发生很多事情，直到《周刊朝日艺能》创刊，德间社长才取得事业上的成功。

下面只是我的想象。德间社长由此学到了一种哲学：大众追求的不是优秀文学，而是娱乐。但是，人们并不会因此轻易放弃自己年轻时的梦想和希望。他试着解决这种矛盾的方法就是将文学作品改编成娱乐电影。我想，这就是理想主义者德间社长的人生吧。

社长生前曾对我说，《敦煌》和《俄罗斯国醉梦谭》的剧本刚刚完成他就先拿给野间宏看。

第八届日本独立电影节手册，2001年

公私不分的人

有四个人影响了我的一生，其中一位就是尾形英夫先生。下面我要稍微夸张地讲一个尾形先生的故事，只有这样才能表现出他的魅力。

大约在1978年的三月底，尾形先生请我喝茶。他可是出了名地小气，所以当我听到他说"我请客，一起去喝茶吧"时就有种不祥的预感。结果预感成真，那件事果然改变了我后来的人生。

"你知道5月26日《Animage》要创刊的事吧？"

"Animage"这个名字是尾形先生取的，他是位天才命名家。

这个名字由"animation"和"imagé"这两个词组合而成，不错吧？英语和法语相结合，也就尾形先生想得出来。

"我想请你来做。"

"啊？"我张口结舌。因为我知道尾形先生为了创立日本第一本真正的动画杂志，已经与外面的某家制作公司进行了长达半年多的细致磋商。

"他们啊，昨天全被炒鱿鱼了。"

我再度语塞。平复心情后,我答复他:

"就算这么说也不行,离发售只剩下不到一个月的时间了。"

尾形先生总爱提一些奇怪的方案来吓我们,这是出了名的,只有这一次我是真的被吓到了。

"所以才要请你帮忙。"

之后,我们的对话就在"希望你来做""不,不行"中反复。"总之我没有时间,也没有人手。"说着说着,我便成功落入他的陷阱,不知不觉地被迫接手。

"我会努力按照敏夫你的要求增加人手,但总编辑是我哦。"

此前我都在做些什么呢?在做给儿童看的电视杂志。虽说与动画有些关联,但我也不会因此充满自信。因为我必须在一个月之内做出日本第一本真正的动画杂志。

"编辑方针是什么?"

"我儿子很喜欢动画,所以我希望能做成高级杂志,一本给聪明孩子看的杂志。"

后悔接下这个工作已经太迟了。

尾形先生始终是一副天真无害的样子。

"除此之外呢?"

"特辑要做《宇宙战舰大和号》。我儿子是它的超级粉丝,所以非做不可。其他的你看着办吧。"

《宇宙战舰大和号》是引发动画热潮的元祖级作品。

之后的两个星期,我忙到脚不沾地。首先要学习动画的相关知识,可我根本没有时间。尾形先生找了三位精通动画知识的女高中生当我的家教。第二天我就把她们请来编辑部,立刻开始补习。在接受各种采访的过程中我了解到,动画受欢迎的秘诀在于角色。我抽空从公司内部选定了工作团队，并联系了所有认识的自由撰稿人。

接着我将售价定为五百八十日元。当时的杂志再贵也不超过五百日元，所以这是本天价杂志。这个定价受到了尾形先生那句"希望能做成高级杂志"的启发。

第二天确定杂志的目录，第三天召开编辑会议。

基本编辑方针有两个。一是做动画角色的专题报道，这是我从女高中生那里学到的。二是采访这些作品的动画师和导演，请他们介绍真实情况。这也是尾形先生那句"希望做一本给聪明孩子看的杂志"给我的启发。既然如此，那就请他们讲述事实，不论好坏。

人气角色都是女高中生告诉我的，她们还告诉我什么样的动画师会画出热门角色。

我给尾形先生看目录，他对细节部分没有任何指示。我们唯一的分歧是封面。我想现在时效已过，所以才把这些说出来。尾形先生主张请和田诚来画，而我希望用宇宙战舰大和号。尾形先生是个追求时髦的人。

杂志编辑工作就这样步入正轨。尾形先生把所有工作交给我，而他自己和平时一样，每天傍晚都去新宿唱卡拉OK。

"其他的就拜托啦！"这是他的口头禅。我们则工作到半夜。

当年尾形先生四十六岁，我二十九岁。

两个星期转瞬即逝。杂志发行量七万本，发售三天后基本售罄。

我这么写可能会给人留下尾形先生"只说不做，什么也不干"的印象，但他的一句话就有很大的作用。他的口头禅是"idea，idea……"，好奇心旺盛。虽然常常遭到误解，但他的许多创意都绝妙非凡。他最大的贡献是提议将《风之谷》拍成电影。像他这样的人不会思前想后。当所有人都觉得提议太过乱来时，他不去想象前

119

方的困难,坚持说:"做吧!做吧!"而当我们投入实际制作时,他的注意力又转到别处了,抓着工作人员讨论别的创意。他就是这样的人。

当时我不懂,现在明白了。我身边有一位天才制作人范本。他就像是趁火打劫中的点火者,制作人就需要这种特质。

多亏他不擅长处理实际业务,我们才能在这个过程中学到很多。其中最大的收获是工作要公私分,这是最重要的。此外,交给别人的工作要完全放手。通过这则小故事也可以懂得这个道理。

很遗憾,我至今仍未达到这个境界。

多说一句,因为《Animage》的创刊号,我才结识了高畑勋和宫崎骏。

《射下那面旗!Animage 血风录》,尾形英夫,2004 年

重要的是先开始做

"把《风之谷》拍成电影吧。"最先提出这个建议的是尾形先生，但他随后又补充了一句"就十分钟啊"。考虑到他平时的言行，所有人都觉得他太小气了。

然而，他其实另有打算。

他创立了日本第一本动画杂志《Animage》。这不仅仅是一本杂志的开始，更是后来在全日本掀起动画热潮的契机。事情到这里并没有结束。

《风之谷》取得成功后，宫崎骏开始为成立吉卜力工作室而奔走。尾形先生凭借自己非同寻常的决断力和行动力，说服如今已故的德间书店社长德间康快，努力推动工作室成立。

这次他再接再厉，又鼓动高畑勋制作电影。他想看的是表现战后大人们失去自信，只有孩子们充满活力的电影。这个策划兜兜转转，最后做成了《萤火虫之墓》。

回到前面《Animage》创刊的话题。下面讲一则小故事来增进对尾形先生的理解。

尾形先生最初将《Animage》做成面向幼儿的电视杂志《电视

岛》的增刊号，以这种形式发行。一般杂志创刊时，谁都不想从做其他杂志的增刊开始。那么为什么是增刊，而不是创刊呢？

对尾形先生来说，重要的是先开始做。他不在意形式，只要能起步就有办法。他的超现实主义在此体现得淋漓尽致。电影就做十分钟，新杂志采取增刊形式，就不用找公司的其他人商量。尾形先生喜欢一句话，出自英国诗人华兹华斯写的一首诗——朴素生活，高尚思考。

尾形英夫，享年七十三岁，是影响我最深的人。

《专栏时间》，《中日体育》，2007年2月7日

堀田善卫先生令人难忘的逸事

契机是《天空之城》

吉卜力工作室为何要出版已故的堀田善卫先生的作品,并将其影像化呢?可能有人会抱有这个疑问,所以我想借此机会说明堀田先生与吉卜力工作室之间的关系。

宫崎导演非常尊敬堀田先生,总是兴致勃勃地阅读他的书。我们两个既是他的读者,也是他的粉丝。我们第一次见到他是在制作《天空之城》(1986年)的时候。

那时我是德间书店的编辑,正在编辑《天空之城 Guide Book》。我想请他为这本书写篇文章,鼓舞正在制作现场努力工作的宫崎导演。

我联系了堀田先生。德间书店此前从未与他合作过,这次总也得不到他的首肯,最后好不容易才得到应允先见一面。怎么说才能让他帮忙写稿呢?我冥思苦想了很久,决定智取。我故作强硬地说:"您的作品一直都在谈'何为人'的问题。那么,是不是也有义务写一篇文章谈谈人类今后何去何从呢?"他听完便笑了。

后来他帮我写了一篇随笔,名为《致做动画的人》。因为之前的那段对话,他在开头写道:"没想到做动画的人会找我写一篇主题为'人类命运'的文章。"我一直没告诉宫崎导演《Guide Book》会刊登这篇文章,想给看到成品的他一个惊喜。这是我特有的服务精神。

在堀田先生写稿期间,为了让他了解我们的工作内容,我们打算请他看《风之谷》,于是拿着录像机和录像带去了他位于东京的公寓。我想,他是《莫斯拉》的原作者,肯定会欣赏这部作品。当时他有一只眼睛看不见,夫人事先告诉我们,他很可能看到一半就累了,无法全部看完,可他还是兴致勃勃地看到了最后。我印象非常深刻的是,王虫一出场,他就开心地低声哧哧笑。

之后发生了一件让我惊慌的事。堀田先生看到娜乌西卡被大群王虫撞飞就以为电影结束了,说了声"嗯,很有趣"便打算离席。我清楚地记得,当时我对准备起身的堀田先生说"还没演完",于是他又看到最后,说:"哦,死而复生了啊。"

还有一件令我难忘的事。

在堀田先生的作品中,我很喜欢《路上的人》。我们第一次见面时,这本书刚刚出版。我向他谈了谈自己的感想,说:"我觉得这个故事做成动画会很有趣。"他听后爽快地说:"那就把这本书的电影版权给你吧。"说得如此轻松,我反倒吓了一跳,回答道:"但是,真正做起来就不简单了。"他说:"你可能不知道,欧洲会把古往今来的知名故事做成连环画,其中有许多不错的作品。我觉得在推广一件事的时候,这是个有效的方法。那种程度就够了,简单做一个就行。"

随笔《致做动画的人》中也提到,堀田先生长期旅居西班牙,曾在西班牙的电视上看完了《宇宙战舰大和号》全集。这次他对我说:"没想到我还挺喜欢动画的,请一定要做《路上的人》。"

回忆《时代的风声》

第二次合作是在做《时代的风声》的时候。一家杂志想要采访宫崎导演,我主动提出不如干脆请来宫崎尊敬的堀田善卫先生和喜欢的作家司马辽太郎先生,一起做个三人对谈,效果应该不错,然后就有了这本书。这个策划实现后,我们分别在东京和大阪举办了两场对谈,每场都是四五个小时。正如后记中提到的,宫崎导演被两位作家包围着,紧张得像小学生。

令我惊讶的是,堀田先生在对谈原稿上只做了一处修改。一般原稿上会有很多红笔修改的痕迹,要么是删除发言要么是新增话题,堀田先生却没有这么做。我对此深感讶异,还向妻子说了这件事,妻子解释说:"对自己说的话负责,这就是堀田先生的态度啊。"我听后非常感动。

对谈中还有一件难忘的事。大阪的对谈结束后,我去堀田先生的房间聊了很久。临近结束的时候,我提起自己刚读完的《戈雅》,说道:"老师,您身为日本人,却为西班牙画家写传记,就像堂吉诃德一样。"堀田先生听后说道:"以前有人说过同样的话。"我有些好奇地问道:"是谁?"不料他说:"萨特。"我没想到他会说出大哲学家的名字,一时语塞,另一方面又很开心。

堀田先生的夫人也给我留下了深刻印象。这是《时代的风声》封面完成时发生的事。封面设计是在宫崎的插图中央放一个红色的菱形,上面写上书名。我觉得这样浪费了原图,便告诉责任编辑

"太糟了，改掉"。没想到夫人竟打电话给我说："负责人已经决定的事，你再从旁干预不太好。"我解释说，我是这本书的策划人，觉得这么处理很不尊重原图作者，所以才会要求更改设计，没有什么不妥。但我们的对话就像平行线一样没有交集。我们没完没了地谈了两个小时左右，最后我妥协了。夫人对我说："一开始就这么说多好啊。"我当时真的觉得"她说话太讨人厌了"，然而我和夫人却因此熟悉起来，真是不可思议。

前段时间，堀田先生的七周年忌和夫人的三周年忌一同举办。我受邀致辞，公开了这个小故事，堀田先生的长女百合子女士等人听后都大笑起来。

每年一月的问候

因为有这样一段往事，大概从三方对谈后开始，一直到堀田先生去世，每年一月"松之内"[①]结束时，我和宫崎都会去堀田先生府上拜年，这成了一个惯例。《堀田善卫全集》完结时，我们受邀出席了堀田先生一生中唯一一次出版纪念会。

1998年堀田先生去世，2001年夫人也与世长辞。因为我们有这样深厚的交情，所以决定这次由吉卜力工作室出版堀田先生的书。我们最初计划将《NHK人间大学：时代与人》这期节目做成录像带，并将未收录在《堀田善卫全集》中的节目原稿做成单行本出版。但后来又想，干脆将一些难以买到的书也重新出版。于是决定出版长

---

① 日本民俗中指新年装饰门松的日子，一般是1月1日到1月7日或15日。

篇《路上的人》和短篇集《圣者的行进》。

虽说最好不要与喜欢的作家见面，以免心生幻灭，但堀田先生是唯一一位实际见面的感觉与作品给人留下的印象完全一致的人。如今这个时代，年轻人更要多读他的作品。

《热风》，2003年11月号

致生活在现代这个新乱世的人们

平安时代末期有个年轻人名叫藤原定家,是位才华横溢的歌人。当时平家与源氏相争,日本社会动乱不堪。他看着这样的乱世,在日记《明月记》中写道:"红旗征戎非吾事。"

"红旗"指代表朝廷势力的红色旗帜。"征戎"指平定蛮夷。"红旗征戎"意思是以朝廷之名征伐平家。这是天下的头等大事,定家却漠不关心地写下"非吾事"(关我何事)。当时定家十九岁。

太平洋战争时期,有一位年轻人拿到了这本《明月记》。不到二十五岁的他不知道自己能在战争中活多久,对此感到不安。然而,那个年代连这种不安都不能说出口。

年轻人努力读着汉文写成的《明月记》。读到"红旗征戎非吾事"时,他感受到了强烈的冲击——这份冲击伴随一生。震惊之余,他想:"平安时代都可以说出朝廷的战争关我何事,而现在我们却没有这种自由。历史真的在前进吗?"

这位年轻人就是堀田善卫。他平安地等来了战争的结束,成了一名作家。他不断地自我发问:个人如何面对时代的浪潮?置身其中的人应该保持怎样的伦理道德?他一边以日本或中世纪欧洲为舞台创作小说，一边思考这些问题，与世界各地的作家交流探讨。他的言行支撑着生活在无依无靠时代里的年轻人。

　　一句话带来的冲击最后变成了小说，化成了思想，一个人一个人地传递下去。我想再次将堀田善卫的话送给所有生活在二十一世纪这个新乱世的人，那是帮助人们在现代生存的哲学。

《热风》，2004年3月号

我眼中的加藤周一先生

《羊之歌》——体态适中的生活方式

　　记不清具体时间，从某个时期开始我暗自下定决心，不读喜欢的作家的自传，也不与喜欢的作家见面。因为越是喜欢一个作家的作品，就越不想对作家本人感到幻灭。这么说有些失礼，实际见面后可能会不由自主地感到一种生理性的厌恶，我不想如此。所以我认为，越是喜欢一部作品，就越不能跨过作品去接近作者，这才是明智之举。

　　但是，对我来说加藤先生是特例。不管是读加藤先生的自传《羊之歌》，还是直接与本人见面，我都没有经历幻灭，反而更加感受到了他的魅力。最令人敬佩的是，八十六岁高龄的他仍然对世界充满好奇心，不断地发表见解，前几天莅临吉卜力美术馆时也是滔滔不绝。不仅是自己的专业领域，他还谈了现在的自民党准备做什么、会给日本带来什么影响等等，可以看出他此前收集了很多信息。就连拙见他也认真倾听，让我有些不知所措。

　　加藤先生在自传《羊之歌》的前言中写道："我为何生而为人？

我想弄清楚自己是在怎样的世界形势与日本现状中，受到何种影响诞生的。"简而言之，他尝试以自己为样本，完整讲述一个时代的历史，与一般自传的主旨大相径庭。

后记中写到的"保持体态适中"尤其令人难忘。不能太胖也不能太瘦是他的生活方式。这句话不仅仅是说肉体，也同样适用于金钱、政治和宗教。不能当富豪，也不能做穷人；对于政治要保持中立；没有宗教信仰，但不是漠不关心。他要求自己做到这四点，以此为基础看待事物。

加藤先生为何会这样要求自己呢？书中写道，为了让自己冷静地看待世事，保持浩然正气，就必须如此。"体态适中"的道理在哪里都很重要。我至今仍清楚地记得这点。说一个自己的故事。有段时间，我听了朋友的推荐，几乎每晚都吃拉面，结果吃出了小肚子。那时耳边忽然闪过加藤先生的这句话，之后我就戒掉了拉面。

《日本文学史序说》——人生素材书加藤周一

对我来说，加藤先生就像一本人生素材书。如果可以，我想把他藏在心中直到入土。过去我在各种场合自高自大的发言，基本都照搬自加藤先生的著作或讲话。我从二十几岁时就开始反复阅读他的著作，每次都深受感动，结果读着读着就变得像自己的话一样了。嗯，算是半为自己辩解。

我是从何时开始看加藤先生的书的呢？我只记得是二十多岁的时候，不记得准确时间。我年轻时有许多想法，实际行动时又觉得自己欠缺考虑，希望有人能指引方向。十几岁到二十几岁之间我非常喜欢寺山修司，不仅读了他的著作，就连里面引用的书也都一本本找来读。

可是，没过多久我便不满足于此，二十五岁后又开始寻找能为自己指明方向的人，为此遍览群书。回过神来才发现，自己走到了加藤先生的《日本文学史序说》面前。

我受到了震撼。这本书分为上下两册，一开始是厚厚的前言，定义了书中所谈的"文学"。加藤先生所说的"文学"不仅仅是书，还包括绘画、音乐、雕塑等，即日本人在历史中创造出的所有文化。接着，加藤先生表示其中的主要部分自己基本都欣赏过。他进而写道，想通过研究文学史探究日本人是出于何种想法创作了那些作品——简而言之就是想探究"何谓日本"。我便折服于此。

读了就知道这并不是夸张。书中以丰富的例子分析日本的小说、诗歌、绘画和音乐等背后的历史和思想流变，支撑这些的是加藤先生庞大的阅读量以及对绘画、音乐和雕塑的实际接触，他的文字有非一般的分量。

二十多岁的我不可能只读一遍就理解加藤先生的著作。之后我反复品读，直到现在每次重读还会有新的发现。

例如，书中说日本人有一个传统，把握当下时不是放在"过去、现在、未来"的整体脉络中，而是截取独立的"现在"去认识。他还列举了画卷、村社会①结构等大量事例，让我明白日本人的文化是具体的、感觉的，也是主观的。我意识到在我们做的动画电影中，宫崎骏的作品完全符合这一点。

这么说可能有点奇怪，通过加藤先生的文章，我理解了宫崎骏

---

① 指基于村落形成的地域社会，不接受外人，秩序严苛，严守惯例。也用来比喻封闭且墨守成规的组织或社会。

所做的事，也能够给他反馈了。对于宫崎骏出于本能做的事，我会借用加藤先生的智慧与他对话——你正在做的是这么回事吧？

《萤火虫之墓》和《夕阳妄语》

第一次联系加藤先生本人大约是在1988年，高畑勋导演制作电影《萤火虫之墓》的时候。我托别人将《萤火虫之墓》的录像带送到加藤先生那里。为什么要这样做呢？很大程度上是因为我是老师的书迷，但最重要的是我凭借作为编辑的直觉，认为加藤先生肯定会正确地评价《萤火虫之墓》这部电影。

然而，送过去很久也没有收到任何回复，我十分沮丧。那年岁末，我想着"唉，本来也没抱希望，果然不行啊"，快要放弃了，加藤先生却突然在《朝日新闻》每月连载的专栏《夕阳妄语》中提到了《萤火虫之墓》。我真的非常开心。

文章回顾了当年令他印象深刻的事，写了他回首这一年时想到的三点。第一是改革，第二是《萤火虫之墓》。文中的观点非同一般。

当时人们对《萤火虫之墓》持各种看法，大部分人认为这是部悲伤的电影，揭示了战争的痛苦，有的观众说不想再看第二遍。高畑最想刻画的是四岁小女孩鲜活的存在。加藤先生在专栏中最先指出的就是这点，他准确地理解了我们的用意，之后又从战争破坏美好事物这一角度论述了这部电影。比起开心，我心中更多的是惊讶。

"杂种文化"与《再见了藤纯子》

从二十多岁到三十多岁,我如饥似渴地读完了加藤先生的每部作品。平凡社出版了加藤先生的著作集,总共十五册,我买下一整套反复研读。通过这些作品,我第一次了解到"日本是杂种文化"这一观点。

例如,中国在王朝更迭后便会摒弃之前的文化,而采纳新的文化。与此相反,日本一定会留下上一种文化的根基,是"旧上加新"的文化。日本文化会层层累积,异种交配。加藤先生称其为"杂种文化"。

这种看事物的角度令我钦佩,同时我又在未说明出处的情况下,将这些不属于自己的观点扬扬得意地告诉别人。为了能讲给别人听,我反复阅读了很多遍,有的文章甚至读了十几遍。通读一遍后想再读一遍,接着又读一遍,全都读过三遍以上。虽然现在还是有许多"误读"的地方。

当然,这也是因为内容晦涩难懂,读一遍无法理解,但这些高深莫测的书中也会突然不经意地提到与我们息息相关的话题,让人觉得很开心。

比如加藤先生有一篇名为《再见了藤纯子》的文章,写于1970年前后,文中谈到了鹤田浩二、高仓健和藤纯子。这种讲述日常的文章像突然袭击一样悄然出现,让人一下子莫名地开心起来,翻页继续看下去。

简而言之,我是加藤周一的狂热书迷,说我订阅《朝日新闻》

是为了看加藤先生每月连载的专栏《夕阳妄语》也不为过。

在我看来，加藤周一是彻底钻研近代合理主义的人。以他冷静且客观的眼光审视日本，会有种种发现。闲聊时他说："日本人创造了如此美丽、如此精彩的事物，却为何陷入了十五年战争的泥潭？我对此很感兴趣。"他将现在的问题与历史和文化的巨大潮流结合，进行大胆且易懂的设问。看着他的身影，我单纯地觉得非常帅气。加藤先生年轻时肯定很受欢迎吧。

《日本的心与形》——理性的时代

此次吉卜力学术图书馆发售的《日本的心与形》曾在NHK教育电视台播出。我已将全部内容转录成录像带，反复观看了很多次。

我去拜访加藤先生，请他同意将这个节目做成DVD。他开口便说："堀田（善卫）是我的朋友。既然你们为他做过DVD，我也会配合这项策划。"吉卜力学术图书馆正在制作堀田先生的DVD（《NHK人间大学：时代与人》全十三回）和配套书籍，而堀田先生与加藤先生交情甚笃。我为别人认真关注自己的工作而欣喜，同时也强烈感受到即便效果不是立竿见影，工作和人际关系也都会积少成多。

一直以来，我将加藤先生当作人生素材书，受益者只有我自己。渐渐我也想让各种各样的人有机会品读这一切。这也是吉卜力策划《日本的心与形》DVD与同名书籍的个人动机。

最后借用加藤先生的一句话："现在是理性受到威胁的时代。"最近，作家诺曼·梅勒说："美国正处于法西斯主义的前夜。"他说，这不仅给美国,也给全世界带来了影响,因此受到威胁的就是理性。我也认同这个观点。社会和世界被情绪支配,火药味十足,让人觉得非常危险。正因身处这样的时代,我想认真地说一句:"理性也很有意思。"

我从加藤先生那里学到:理论也是一种娱乐。我想维护现代的理论,其中的代表人物就是加藤先生,我想趁着他身体健康,协助他提出更多新见解,这有利于日本未来的发展。我们拍电影的人说这些大话确实有些不知分寸,但我想做自己该做的事。我很少说这种话,但到了这把年纪,也该说出口了。

再多谈一点。以我的经验来说,找到自己真正信赖、喜欢的人是非常有意义的事。于我而言,这个人就是加藤先生。直到现在,每当我内心动摇、心烦意乱时,读一读加藤先生的书,就能找到前进的方向。

并非只有加藤先生,我想每个人都有许多值得在迷茫期当作指南的人。特别是年轻人,若能找到这样的人并贪婪地向他学习,必将获益良多。

《热风》,2005 年 9 月号

恍然大悟

有一次，加藤周一先生教给我一件事。

江户时代的大名府邸没有设计图。西方人来参观时，大多会惊叹于建筑结构的复杂，好奇是如何设计出来的。答案是，日本的建筑从局部开始建起。首先确定壁龛立柱，接着寻找与之相配的地板，然后修建天花板。一个房间完成后再想旁边的房间，之后重复扩建，直到整个建筑落成。西方则完全相反，他们先考虑整体。教会就是个很好的例子。从天上俯视，它们都是十字架，基本没有例外，从正面看则左右对称。之后再考虑局部，比如圣坛、忏悔室、装饰等。

我恍然大悟。由此我理解了共事已久的宫崎骏本能的想法。请大家回想一下他的电影《哈尔的移动城堡》。有一天他问我："铃木，看得出这是城堡吗？"我清楚地记得那天。他先画大炮，继而是看起来像某种生物巨大眼睛的部分，接着是小洋楼和阳台，然后是巨大的嘴巴样的东西，连舌头也加上了。最后他苦恼脚该怎么画，是画成步兵的脚还是鸡的脚？我回答："鸡的脚。"

这就是宫崎骏在西方备受赞赏的原因。西方人搞不懂怎么回事，不理解他的设计，所以称赞他想象力丰富，称他为"毕加索再世"。

这只是一个例子。我从加藤周一先生身上学到了一切。我很喜欢《羊之歌》后记里的一段——"体态适中，不富不贫"。不管是现在还是将来，我都会信奉这句话。

《这个人，这三本书》，《每日新闻》，2010年2月21日

未来生存指南

对我们这代人来说，井上厦与五木宽之、野坂昭如并称为"御三家"，是当时的人气作家。

他们的作品刊登在《ALL读物》《小说新潮》《小说现代》等中间小说①杂志上。这些杂志比漫画杂志更受我们这些团块世代年轻人的欢迎。而现在，只有我们这种老人，而且是其中一部分老人才会看，这三位作家写的文章给我们后来的生活方式带来了决定性的影响。

说明顺序可能有点颠倒。我上高中的时候，NHK播出了一部木偶剧，名叫《突然出现的葫芦岛》。我非常喜欢，甚至用里面的角色名"Teke"来给我的狗取名。在井上先生正式作为小说家出道以前，他与山元让久先生共同创作了这部作品，表现非常活跃。我一直在默默关注他。

之后，他发表了小说《愤和恩》，以小说家的身份正式出道。在他凭借《手锁心中》获得直木奖时，我这个粉丝就像自己获奖一样

---

① 指介于纯文学和大众文学之间的小说，题材为社会现象和风俗等，读者层广泛。

喜不自胜。获得社会认可后，他又发表了多部根据自己的少年时代、青年时代经历创作的小说。它们大致分为两种。一种是以《木金波特神父》系列为代表的诙谐明快的故事，另一种则是严肃暗黑的故事。而我喜欢《四十一号少年》《红色自行车》等属于后者的作品。

井上先生在创作小说的同时还在惠比寿的回声剧团担任剧本作家。后来他利用这段时期积累的经验，建立了自己的剧团"小松座"，如今非常成功。

得到井上先生赏识是在制作电影《儿时的点点滴滴》期间，也就是1990年。高畑导演坚持要在电影中再现《突然出现的葫芦岛》的世界，我便拜访了井上先生，希望得到他的同意。那是我第一次见到井上先生，之后小松座的每场演出我基本都会去看。演员和导演会有变动，但相同的剧目我看了一遍又一遍。

井上先生在小松座献上了一部又一部杰作，这些作品以一贯的风格刻画了明治、大正、昭和时代的日本人，忠实再现了那个时代的社会情况、日本人的想法和日常言行，考证细致缜密，我们在观看表演时有种身临其境的感觉，仿佛穿越到了那个年代。太平洋战争末期，将要进行本土决战之际，日本制定了在美军登陆海岸放出大量蝮蛇的作战计划，听起来像玩笑，但却真实存在。井上先生仔细调查后，将其应用到了戏剧《箱根强罗酒店》中。太厉害了，简直可以称得上"模拟纪录片"，这也是井上先生的戏剧最有趣的地方。

我最喜欢的剧目是《闪耀的星座》，它讲述了浅草唱片店的故事。随着战争日趋激烈，国家下令禁止西洋音乐，那要怎么听喜欢的西洋音乐呢？在一片漆黑中，调小音量偷偷地听……他的刻画非常细腻，观众也能真切地感受到"啊，原来是这么回事"。

结束锁国的日本受到外国事物的冲击，最后走向战争。明治、大正、昭和，在这一百年左右的时间里，日本人是怎么想的？又是如何行动的？井上先生变换方式和手法，反反复复地表现同一个主题。这样的作家，我只知道他一人。

井上先生的戏剧都是在谈过去，乍一看容易让人觉得主题全是怀旧或致敬往昔，实际并非如此。日本人现在以及未来应该如何生活？如何与外国打交道？了解过去的日本人将为我们提供清晰具体的未来生存指南。井上先生还在里面加入笑料，为我们呈现幽默风趣的作品。

我看过井上先生的许多戏剧，不过还未观赏这次的《天保十二年的莎士比亚》。听说这部戏和《手锁心中》一样，都是以江户为舞台的作品。井上先生还做了一个有趣的实验：在戏剧中编入莎士比亚全三十七部作品。他又会如何在这个背景下塑造日本人呢？我一定要一睹为快。

文化村 Theatre Cocoon《天保十二年的莎士比亚》手册，2005 年

"没有时间了"

距离第一次见到网野善彦先生已经过去十多年了。当时我们就如何处理电影《魔法公主》中的受歧视群体问题进行了探讨,网野先生积极地帮助了我们。

许多年后,日本电视台的氏家齐一郎先生问我:"铃木,你和网野有来往吗?我和他是初中同学。有空咱们三个一起吃个饭吧?"

"日本电视台的统帅氏家先生与历史学者网野先生"这一组合很稀奇,令我非常意外。氏家先生还读完了网野先生的主要著作。

我立刻电话联系网野先生。他开朗健谈,这通电话聊了很久。

"我对氏家印象很深。那时他学习刻苦用功,是面黄肌瘦的秀才型人物。没想到他竟然当上了电视台负责人,太惊讶了。"

网野先生已向社会公布自己罹患了癌症。"想必您也知道吧。"说完他便向我详细说明了自己的病情,就像在谈论他人的事一样。

我眼前浮现出三个人愉快用餐的画面,网野先生却回复道:"我没有时间了。想做的事还很多,请您代我向氏家说明情况。"

自己的时日不多了,所以想埋头工作。这就难办了。该怎么告诉氏家先生呢？我觉得打电话比见面更容易开口。电话那边短暂地沉默了一下。

几个月后，我接到了网野先生的讣告。

《图书》，2007 年 9 月号

与氏家齐一郎先生相处的日子

"未来世界会变成什么样子呢?"氏家齐一郎先生在第一次与高畑、宫先生用餐时缓缓问道。

宫先生立刻说:"现在的情况与平安时代末期相似。"氏家先生反驳道:"不,我是说世界的结构会变成什么样。"这时,一直默不作声的高畑徐徐开口:"地球的资源是有限的,如果大家都去争抢、滥用,那么人类就完了。虽然有不同的称呼,但这个世界也许只能依靠共产主义。"氏家先生回了一句"赞同"。

氏家先生讲述了学生时代受高中校友渡边恒雄邀请,加入共产党的经历,又开始回忆青春岁月。他为何被共产主义吸引?曾经度过了怎样的青春?这三人一见如故。

我不太了解氏家先生身为媒体人的一面,但他的本来面貌另当别论。

我第一次见到氏家先生至少是在十五年前,他刚当上日本电视台台长的时候。那时德间书店负责吉卜力的运营,德间康快社长带我去参加会餐。

席间,氏家先生突然向我发火。我知道日本电视台出资赞助了梵蒂冈西斯廷教堂的壁画修复工程,对此表示赞赏,未料他却训斥道:"开什么玩笑!用不着做这种事!"后来他也承认了赞助的成果,当时可能是新官上任不久,他对公司的文化投资仍持否定态度。

当时还发生了一件令我惊讶的事。他突然大声对同桌的董事说:"你被开除了!"声音响彻全场。一时间大家都僵住了,周围鸦雀无声。下一秒他又对德间社长说:"德兄,老板就是可以这么做啊。我深切地感受到,必须要当老板才行。"只有德间社长一个人还笑嘻嘻的。当然,开除只是玩笑话,由此也能看出氏家先生在成为社长之前吃过的苦头。

大约十年前,德间社长快去世的时候,我才与氏家先生正式会面,而他也造访了吉卜力。我陪他参观工作室,其间他连珠炮似的提问,"这个房间有几个人?""面积多大?"等等,最后只说了一句"单位面积的人数太少,还有很大空间"就离开了。

那天傍晚,德间社长打来电话。

"氏家打电话说让我小心你。你有什么头绪吗?"

简而言之就是我被测试了。吉卜力工作室的体制是尽可能在社内制作,很少进行业务外包,身为高管的氏家先生大概对此有些疑虑。因此,有段时间我们的关系非常紧张,我觉得他这个人非常严厉。

创立三鹰之森吉卜力美术馆时事情有了转机。当时美术馆的准备工作与《魔法公主》的制作同时进行,诸多因素导致资金短缺。银行的人建议去别的地方找找援助吧,我便想到了氏家先生。我也不知道为什么会想到一个曾对文化投资持否定态度的人,但直觉告诉我这事只能找他商量。

于是,我决定请他来吉卜力看看美术馆的模型。看后他说"嗯,挺不错的",接着我说"但是资金不够啊"。"嗯……这样啊。"他听完也苦恼起来。结束后他考虑了很久,最后还是出资了。

在宣布建设美术馆的记者会上,氏家先生与德间社长、宫先生一起登台发言,他说:"建这个美术馆要花五十亿日元,其中二十亿由日本电视台出资,这笔钱就送给吉卜力了。"美术馆的建设就这样顺利确定下来,但德间社长却没有等到开馆便驾鹤西去。请氏家先生致悼词时,他爽快地答应了。事后我过去道谢,他说:"德兄是非常优秀的制作人,出色地完成了一项又一项工作。对《魔法公主》也是如此,竟然投入那么多资金去做一部电影,我这种胆小鬼肯定不行。"说完叹了口气。

"回首我的一生,一事无成。"

我吓了一跳,他又自言自语道:"男人活了七十多年还一事无成,这种空虚你懂吗?"我想回应他,却不知道该说什么,便勉强说道:"您正在大众媒体领域发挥重要作用不是吗?日本电视台的经营能重回正轨也是多亏了您啊。"没想到他却大声地斥责我:"混蛋!"他一脸真挚地说:"读卖集团的一切都是正力(松太郎)先生一手创办的,后来的人一直在守江山,我不过是负责其中一项罢了。"然后又继续道:"好想在死前做些什么……"

从那以后,我们成了推心置腹的好友,他也开始给我的手机打电话。《千与千寻》获得成功后,他对我说:"开个庆祝会吧!铃弟和我两个人,我再想想还邀请谁。你可别告诉别人啊。"听上去非常开心,我这才知道他原来是这样的人。从那天起,他对我的称呼就变成了"铃弟"。

还有件类似的事。他出任现代美术馆馆长时打电话给我:"我当馆长了。还没有告诉别人,想马上见你一面。"他希望我们在现代美术馆办一场吉卜力的展览。正当我想着"这个要求不能不答应"时，他又提醒道："这是咱俩的秘密哦。"

我请他担任美术馆财团的理事长，后来我们每个月都会以汇报的名义见面，其实就是闲聊，每次都谈得起劲，超过预定时间。门外还有下一位客人等候，但他却满不在乎。而我会感到不安："会给下一位客人添麻烦，我们就先聊到这里吧。"他听后一脸不高兴地说："你要回去了吗？"每次都是这样。

氏家先生从日本电视台台长升为主席。我们约定见面那天，一位董事在等着我："能不能请您帮忙问一下，今后要不要称呼他为主席呢？"我立刻问氏家先生："大家都在发愁该如何称呼您呢。"他却一脸难为情地岔开话题："怎么称呼都行。其实我希望大家叫我阿氏。"我怂恿他："主席这个称呼是不是在模仿卡斯特罗啊？"他的表情更害羞了。

氏家先生长期关注古巴。他在《读卖新闻》当记者时做过时任古巴领导人菲德尔·卡斯特罗的长访谈，这是他记者生涯的一大骄傲。这几年，我、高畑、宫先生、氏家先生以及他的主治医生五人每到夏天都会一起去国外旅行。今年氏家先生想去古巴，为了见到卡斯特罗。顺便告诉各位，他们二人年纪相同。

旅行每年都由氏家先生规划。他会详细安排行程，亲自联系旅行社和航空公司等等，还会向我们确认一些细节："这次的飞机没有日本菜，两位没关系吧？铃弟比较喜欢日本菜吧？"这是氏家先生特有的体贴。

我们第一次旅行去了法国。日本电视台曾经资助过巴黎卢浮宫美术馆，因为这段缘分，氏家先生被馆长邀去做客。他花言巧语引诱高畑和宫先生一同前往：

"我们包下卢浮宫，在无人的美术馆里尽情欣赏《萨莫色雷斯的胜利女神》和《蒙娜丽莎》，怎么样？"

这个邀请太奢侈了，二人听后欣然应允。爱担心的氏家先生多次问我："他们真的会去吧？"到了当地才发现，他的行程安排比计划表更加详细，我们一早就开始匆忙地走访各地。宫先生不听导游介绍，入迷地看着胜利女神。高畑则调动自己所有的知识与导游讨论。氏家先生满心欢喜地看着他们。

而我本就没什么规矩，立刻离队找到吸烟区吞云吐雾。宫先生跟了过来，高畑和氏家先生则专心听解说。晚饭时，我刚一落座，氏家先生就开口说道："铃弟真是自由随性啊。"第二天还是参观美术馆。到了晚餐时间，他对我说："铃弟，你真是个任性的家伙。"但他的眼睛在笑。

有天晚上我们去了红磨坊。到了跳舞环节，氏家先生竟与一位女性跳起舞来，舞步非常华丽，令我十分惊讶。他展示了那一代人的修养。

第二次旅行是去意大利。我们参观了西斯廷教堂，之后又去了乌菲齐美术馆，共同欣赏了波提切利的《维纳斯的诞生》。不论在哪家美术馆，氏家先生都会认真聆听导游的讲解。他自称不懂艺术，其实都是骗人的。只要是赏画或是到访历史场所，他肯定会请教高畑。我和宫先生依旧找吸烟区吸烟。晚上，他揶揄我们："你们就吸烟吸到屁股冒烟吧！"

去年的第三次旅行出了问题。他提出想去法国和西班牙，但当时《借物少女艾莉缇》马上就要上映了，于是我不得不辞谢。他有些糊涂地问我："什么电影？"我急忙解释道："我得顾及在大家那里的面子。《艾莉缇》非常重要。"但他却听不进去。后来每次见面都死活不听我解释，我只好寻求同事谅解，调整手头的工作，让工作室就算我不在也可以正常运转。当我告诉他："现在可以去了。"他却反问道："敏弟，电影没问题吗？"看他的表情就是一个淘气包。从这一天起，对我的称呼又变成了"敏弟"。

今年本该是第四次出行，计划参访莫斯科的艾尔米塔什博物馆，之后经马德里前往古巴，结果却没能实现。幸好去年勉强去了马德里。好怀念看到普拉多美术馆的委拉斯开兹作品而欣喜不已的氏家先生。

今年，氏家先生回顾往昔的文章刚刚开始在《热风》连载。起因是我觉得氏家先生的往事都非常有意思，只有我们知道就太可惜了。他勉强答应下来。我询问后得知，之前很多媒体都提过相同的请求，但都被他拒绝了。

我们请盐野米松先生执笔，从前年开始每月做一次访谈，总共十次。最初计划是两个小时，但过程中渐渐变成了一次聊五个小时以上。每次访谈我都在场，氏家先生说话有个特点——没有回忆录中普遍存在的自吹自擂。他总说"我所做的微不足道"，想必是出于自己尚且"在职"的考虑。

通过访谈我们得知，学生时期的他崇拜设计了零式战机的航空工程师堀越二郎，希望自己也能成为一名飞机设计师。后来有段时期又想当医生，但一上手术台就晕血，只好死了这条心。最后他决定去证券公司上班，这时又收到了就职于《读卖新闻》的渡边先生的邀请，问他："要来我们公司吗？"渡边先生彻夜劝说，直到翌日清晨。结果他就像当年加入共产党时一样，因渡边先生的一席话而决定进入《读卖新闻》。

"那决定了我的人生。"他说。

他的人生并不是经过自主思考再行动的。他在《读卖新闻》担任经济部部长时又被任命为广告部部长也是同理。据说是破格提拔。他断定自己一生都要走被动决定的路，无关结局好坏。

这样的氏家先生第一次有了自己想要决定的事，就是促成高畑的新作品。

他来找我商量："死前无论如何也想再看一部。"然后我们开始了准备工作，也就是目前正在全力制作的《辉耀姬物语》。高畑不知道该做什么内容，于是我去询问氏家先生有何要求，他说："是诗意啊。他的作品总有一种诗情画意。"我将这句话转达给了高畑。

四五年前，氏家先生在董事会上说：

"业务执行已经交给了执行官员，现在没有工作需要我亲自负责。不过只有一个例外，那就是高畑的作品。我先声明，这部作品不会赚钱。但是，就算赔钱也要让他创作出好作品。"

有一次我问他，为何如此执着于高畑呢？他回答说"我很欣赏那家伙"，还说"他身上留有马克思主义者的味道"。

去年12月20日，我把完成了三分之一的分镜图拿给他看，他立刻腾出时间细读，看完后抒发感想："辉耀姬真是个任性的姑娘，我喜欢这样的女孩子。"我将这些话告诉高畑，他开心地说："我要做的正是这个，是现代的女孩。"他想让大家看看动起来的辉耀姬。

吉卜力的作品标明由吉卜力工作室制作，却不标明出资人。但是，《辉耀姬物语》完成后，我想写明出资人是氏家齐一郎。

氏家先生评价渡边先生是一名"国士"，说："他总是忧心国家大事，和我不一样。"

氏家先生没有当事人意识，总是站在第三者的立场上客观地看待事物，谈论电视台现状时也像个新闻记者一样。他的口头禅是"不要忘记媒体是中小企业，有些人的认识一直是错误的"。我认为他直到最后都是一名记者，更确切地说是个起哄的旁观者。

可我就是因此对氏家先生有好感的，我非常喜欢他，因为同样做过记者的我也是如此。每次见到他我都很开心，想要一直聊下去。只有和他在一起的时候，我才能忘记自己肩上的重担。能做真实的自己非常幸福。

曾有人问我："对于氏家先生来说，您是怎样的存在呢？"他把我当朋友，和我交谈，给我的电话留言也总是以"就这样，改天见"结束。

我们最后一次见面是今年一月，不久他便住院了。我写了一封简短的信给他，但没有前去探望，因为他非常讨厌被探望。

他是一个无拘无束、热爱自由的人。思想上反权力，却久居权力的宝座。我认识的氏家先生就是这样矛盾，以他的话来说就是"我的立场是非权力的"，至少我所了解的他是热爱平凡的。也可以清楚地知道，在吉卜力的作品中，他为什么最爱《隔壁的山田君》。

旅行中他总是说："你们真年轻啊。"听着听着，高畑、宫先生还有我也开始这么想。好想再与氏家先生多聊聊。

氏家先生，未来世界会变成什么样子呢？

《热风》，2011年5月号

对谈

———————

谁都无法逃脱时代的洗礼

今后音乐界将何去何从？

制片厂整个是一个创造团体的时代

我们处在时代的转折点

谁都无法逃脱时代的洗礼

押井守

电影导演。1951年生。
自东京学艺大学毕业后进入龙之子工作室执导电视动画，后单飞。
代表作《机动警察》系列、《攻壳机动队2：无罪》《空中杀手》等。

* * *

铃木　时隔二十年重温了《风之谷》。娜乌西卡想靠自己拯救伤痕累累的地球，我再次感受到她所背负的巨大使命。当时每部作品的主题都像《宇宙战舰》一样宏大，但最近宫先生的作品出现了变化，比如《魔法公主》的主人公阿席达卡就是出于私人原因踏上旅程。

押井　是啊。

铃木　现在的电影都以私人化的理由为主题，押井先生怎么看呢？

押井　《风之谷》那时的动画背负着地球和人类的命运。就算是校园故事，改编成电影后也会突然谈论起地球和人类。虽然我做了

《福星小子》，但不喜欢动不动就提什么地球和人类的话题。

——宫崎先生也不做拯救人类的主题了。[1]

押井 上年纪了吧。作品与年龄有很大关系，特别是动画，会直接体现创作者的意识。过去我一直以如何反抗时代为创作依据，不过随着年纪增长，总觉得脖子上下考虑的不一样了，也就是本能追求的东西和做出来的东西好像不一样了。

——您是说《无罪》吗？

押井 从上一部《攻壳》结束后就开始了。

铃木 要紧跟时代的话应该做什么主题呢？我小时候有很多穷小孩，战胜贫穷自然成为电影的一大主题。这一点做得最好的是黑泽明。然而，人们的衣食住条件得到改善后，黑泽的主题立刻失去了意义，于是他开始描写幻想的贫穷，并因此感到苦恼。

这时宫崎骏提出了自然的问题："或许我们战胜了贫穷，但这造成了什么后果呢？"以此为主题创作新的娱乐电影。但回过神来，他也开始做个人化的主题了，《千与千寻》就非常具有代表性。押井先生本来就不怎么做人类、地球相关的作品吧？

押井 我觉得要小心那种盛气凌人的说法。

铃木 我是团块世代，也是经历过大学斗争的一代。那时押井先生还是高中生。社会允许大学生组织大规模的示威活动，却不准高中生这么做。您曾说过这是决定性的差异，而您也一直对此心怀不满，是吧？

——所以才一直发表与此对立的作品吗？

铃木 押井先生说他没兴趣描写人类。

---

[1] 本篇中"——"部分的发言者为编辑部。

押井 准确地说，我对人类这一存在或现象是感兴趣的，但各自的感情和心理交给文学就好。

铃木 押井先生不喜欢小津安二郎。杉村春子将某种心绪表达得淋漓尽致，我很欣赏这一点，可他却批评说"这与新电影没什么关系"。我认为电影的基础是对人的描写，而他说："不，我要描写人类，描写历史。"《风之谷》就是刻画人类的作品，押井先生如何看待《风之谷》呢？

押井 从结果来说，观众是在看娜乌西卡这个女孩吧。

铃木 之前押井先生找我演过一部电影，我非常卖力，连摄影师都觉得很多镜头非常不错，结果他却把我的名场面全部剪掉了。

押井 哈哈哈哈哈哈。

铃木 这样观众就无法被我的优秀演技吸引了啊，我对此感到非常疑惑。

押井 不，那只是你自认为的演技好罢了……曾经有位动画师对我说："你肯定做不出来《千与千寻》。"总之他就是想说，你的电影没有人的情感，没有情绪。我说："你说得没错，但那又有什么不好？"

铃木 在参与制作《天使之卵》的过程中，我感到非常惊讶的是，这部电影将观念具体化，不包含任何情绪。虽然里面出现了两名男女，但没有一丝肉欲。

● **在意生活的真情实感**

——这次的《无罪》也用了同样的方法论吗？

押井 我是突然开始在意身体，也就是自己生活中的真情实感，以前都不太在意这些。

铃木 也不在意杉村春子。

押井 是的。如今自己活着的实感变得非常鲜活，大概也是年纪渐长的原因。

铃木 现在宫先生正在制作《哈尔的移动城堡》，每天都很焦虑。他想表现人物的心情和感情，可最近的年轻人却画不出来，他总说年轻人画的动作不对，说了又改，改了再说。押井先生对他说："你不知道吗，现在的年轻人早就是这样了。"

押井 如今这个时代，自己的躯体形同虚设。通过手机和网络，位于感觉延长线上的东西扩大延伸，"躯体即存在"的感觉却消失了。

铃木 《无罪》中基本没有角色拥有人类的肉体。主人公只剩下大脑，其他部位都是机器。这正是现在的人啊。

——毕竟押井先生也呼吸着时代的空气。

押井 因为我切实感受到自己的身体已经老了。还有一个原因是我养了狗。狗的躯体温暖、柔软，心跳杂乱无章，我总是提心吊胆，担心它有一天会停止跳动。

——总之，现代人已经偏离了人类应有的状态。那么，这样是不是就无法出现优秀的动画师了呢？

押井 动画师的工作就是再现感觉。

铃木 看《跳跃大搜查线》时我吓了一跳，里面的人物竟然都不流汗。这是失去感觉的年轻人做出来的电影，真人电影的表演方法也发生了很多变化。

押井 导演的意识如此。最近的日本电影，特别是年轻导演的电影，都没有吃饭的场景了。

铃木 吃饭是很能体现人情味的行为。

押井　有人说，最近日本电影里出现的年轻女孩就像幽灵，不知道她在何时何地吃饭睡觉，不知道她如何生活。简而言之就是没有躯体。

——其他导演是不是也开始不知不觉地做押井先生曾经做过的事了？

押井　我觉得那是自觉的行为。

铃木　《黑客帝国》里的基努·里维斯也不流汗。

押井　嗯。动画很难描绘出流汗、飘香等场景，于是形成了一些符号，比如蓝色衣服代表男性角色等等。动画容易将角色抽象化。

● 真人电影和动画的互换

——最近动画里的人物也会表演了啊。

押井　真人电影不断衰退，宫先生想用动画塑造有血有肉的人物。真人电影和动画之间出现了微妙的互换。

铃木　比较小津安二郎的作品和同期的日本电影，会发现一些有趣的现象。最有趣的是台词语速很慢。沟口健二的作品中人物的喜怒哀乐非常明显，他们说话语速很快，走路步履如飞，吃饭狼吞虎咽。

押井　增村保造作品里的人物也是，没有情感这些没用的东西，台词平铺直叙，说话气势如虹。多余的感情戏全部去掉，剧中体现的只有戏剧的本质。

铃木　若是现在就能以平常心看待增村的电影了吧？

押井　没错。

铃木　是不是押井先生的时代到来了？

——不过，押井先生却打算改变方向。

押井 我感觉这样不太对，但不能因此就要大家去户外跑跑步爬爬山。躯体没有就没有吧，人类在这种情况下也会有相应的理想状态。制作《攻壳》的时候，我们的铃木敏夫先生是怎么说的？

铃木 我忘了。

押井 你说，什么与电脑结婚的女人，别做那些自己都不相信的故事。我可是非常认真的。我觉得未来会有这些，但人更习惯回首往昔，觉得"过去真好"。

——如果宫崎导演相信人的回归呢？

押井 嗯，所以宫先生的作品才带有怀旧气息。他也是认为过去好的那类人。要我说这么想不太正确。在人们内心空洞、内涵流失的现代，这种想法毫无助益。或许这只是我的妄想，失去躯体的人是不是也会相应地获得新的人性呢？

铃木 《无罪》正是押井先生因肉体衰老而构想出来的电影。

——狗狗在里面扮演了重要角色，对吧？

押井 它代替了人类消失的躯体。还有一样东西，"人偶"。人类制作出的躯体，换言之就是观念上的躯体，其象征性的存在就是"人偶"。

——铃木先生将这部电影命名为《无罪》（"无垢"之意），果然是最理解押井先生的知音。

押井 这就是与他交往的有趣之处。做电影的人会不知不觉间创作出一些东西，所以他们要将其转化为语言，使其具有意义。不过这也有危险的一面：谈论电影就相当于要定义那部电影。

● **人应该与他人保持何种关系？**

铃木 我同时参与了《无罪》和《哈尔》的制作，看这两部片子觉得很有意思。它们的表现技巧不同，切入主题的方法也不同，但本质都是在谈"今后人类该如何生存下去"。《哈尔》讲述的是十八岁少女苏菲被女巫施咒，变成了九十岁的老太婆，她爱上了一位名叫哈尔的青年，渐渐重返年轻。她最后面临的就是"人应该与他人保持何种关系"这一选择。《无罪》的主人公则选择与狗一起生活。虽然这两部作品的表现和题材各异，但总让人觉得有些共通之处。

押井 《哈尔》是我一定要看的电影。不过，宫先生的这部作品韵味十足啊。以前都是女孩出场，两个人一见钟情。真是感受到了岁月的痕迹啊。

铃木 《风之谷》那时只用"破坏自然的是坏人"这样简单明快的逻辑就可以。但《魔法公主》如实反映了宫先生的苦恼，他觉得"不能再只依靠这些了"。

押井 但另一方面，那部电影也缺少了宫先生特有的爽快感。

铃木 是一部表现出"我也很苦恼"的电影。

押井 没有人希望看到这些。

铃木 如今人们总是在喊"家庭崩溃"，但有一种说法是，现在的家庭制度其实是在室町时代以后出现的，最多也就五百年的历史，在新时代摸索新的理想家庭状态也是理所当然。宫先生想把形形色色的人拉来一起生活，押井先生则说伙伴是狗也可以。

——虽然他们二人的方法论不同，但都想描写家庭和人类的理想状态。

铃木 其实是与谁一起生活的问题。

押井 我称之为"他人"。

铃木 毕竟人没有办法独自生活，必须要有别人。

押井 现在发生的事情是过渡时期的摸索尝试，矛盾通过蛰居、霸凌等形式爆发出来，报纸和电视上只呈现其犯罪性的一面，实际却不止如此。比如很多四十岁以上的人独居，很多男人不需要婚姻。

铃木 这个主题既陈旧又新鲜，这个时代的人应该做些什么呢？

押井 我也希望有人能告诉我啊。至少电影里面肯定会混入自己生存的时代，不管喜不喜欢。

铃木 谁都逃不过时代的洗礼。

押井 我们该如何面对它呢？这就是所谓的导演个性或者作品风格的真面目。

铃木 说了这么多，押井先生是近来少有的认真创作的人。

押井 无论是否顺利，我都只能用这个办法。我做的电影接近自己的实际感受。女人和电脑结婚的故事确实与众不同，但在其中添加一些真实感会怎样呢？

铃木 没错，就是这点。这样比较容易理解。

押井 加入真实感，就算故事逻辑跳跃，观众应该也能理解。

铃木 的确，我们现在正在做的就是讨论"何为人"的电影，这个主题非常经典。即便在真人电影中，也有很多人放弃了这个主题。而现在有两部这样的作品在同时进行，还挺有意思的。

《读卖新闻》，2004 年 1 月 1 日

今后音乐界将何去何从？

石坂敬一

日本环球音乐顾问、日本唱片协会前会长。1945年生。
自庆应大学毕业后进入东芝音乐工业株式会社（东芝EMI前身）。
1991年出任东芝EMI株式会社常务董事。
1994年至今，担任宝丽金株式会社（现环球音乐）社长。

* * *

铃木 有一次我忽然想到，我们这一代还有人人皆知的热门歌曲，有受到各年龄段欢迎的音乐，但它们从某个时候起就消失不见了。也有可能是我自己不知道。是这个时代很难出现这种歌曲吗，还是需要有人怀抱创作热门歌曲的野心？

唱片公司的经营形态和著作权的存在形式也发生了改变。过去策划、制作、宣传、发售都由唱片公司负责，唱片公司甚至还要担负经纪公司的职责，但现在好像不一样了。我想，没有受到各个年龄段欢迎的音乐是不是也和目前的状况有关呢？

唱片业发生的事情也会发生在其他行业。唱片公司的职员跳槽很随意，过去在出版等行业几乎没有这种情况，现在却变得十分常见。了解唱片公司及音乐行业如何发展，或许能为其他行业指明方向。因此我一直想就各种问题请教一下引领音乐行业的石坂先生。

石坂　不知道这算不算回答。总的来说，一种新兴技术以职业的形式出现时会引发一定程度的混乱。唱片产业在二十世纪二十年代末蓬勃发展，三十年代却因为大萧条和无线电广播的兴盛而一落千丈。这是美国的情况，但以美英两国为镜审视日本也很有意义。日本大体上也在沿袭同样的路线，必须要提前了解。无线电广播曾是红极一时的新兴媒体，当时人们都说它打败了唱片产业。五年后它成为催化剂，促进了热门歌曲的产生。

铃木　也就是说，原以为互相敌对的双方其实是共存共荣的关系。

石坂　应该说是共存共荣、互补式的协同效应吧。唱片业怨恨了广播五年，将其定位成敌人。但是，自二十世纪三十年代中期开始两者间形成了一种固定的联系，"广播里播放多少次才算热门歌曲"已成为一种判断标准。或许在日本未必如此，但在美国，新职业和新媒体的出现会在短期内引发一定的混乱，长期来看却能发挥出意想不到的创造力。现在日本的 CD 套装在逐渐减少，线上发布正在增加。人们容易将这理解为互相对立，但它们是共存共荣的。

铃木　这几年 CD 的销量持续走低，网络发布等媒体环境的变化是否也是主要原因呢？

● **热门歌曲的突破性**

石坂　不，日本的论调确实有这个倾向，但我认为需要的是能创作出好音乐的人，优秀的音乐家和作词家、作曲家。热门歌曲缺乏突破性才是主要原因。关键是要有像披头士一样既有创意又有魅力的作家、演奏者或艺人。也有像滚石乐队那样自身比作品更有存在感的例子。现在的歌手无法超越他们。

我们只谈日本,现在日本已经没有优秀的流行歌曲了,日本流行音乐的分类逐渐消失了。以前是有分类的,最早是夏威夷音乐,埃塞尔·中田、乐队 Mahina Stars 都属于这一类,还有赞美城市的歌曲。虽然算不上大的种类,但还有拉丁音乐、电影配乐,还有"哆咚啪"[①]等等,日本的音乐种类有减无增。

铃木 小时候音乐确实有很多类型啊。

石坂 为什么会变成这样,我可以做出很多解释,但目前的种类只有新音乐、J-pop 和摇滚这几类,路非常窄,其他的类型都消失了。还有一个更大的原因是,全世界都缺少优秀的热门歌曲。最后一首称得上世界名曲的应该是席琳·迪翁演唱的《泰坦尼克号》主题曲,当时不是很红吗?连日本人也在卡拉 OK 唱这首歌。那应该是二十世纪九十年代末期,之后就没有红遍全球的热门歌曲了。

铃木 不只是日本,现在也没有席卷全球的歌曲了。

石坂 倒是有很多人在特定的狭窄领域内称王,比如埃米纳姆、JAY-Z 等等,日本也是如此。不过现在已经没有男女老少都爱听、不分国籍跨越国界的歌曲了,这也是事实。

● **没有音乐专业人才**

铃木 日本音乐类型的消失是不是代表大家只想做同一种音乐?

石坂 主要是音乐领域的专业人才减少了。不仅是唱片公司

---

①20 世纪流行于日本各地的一种社交舞的音乐节奏,第三拍为三连音符。

的员工，在音乐行业工作的人都应该对曲目和艺人了如指掌。我经常说脑子里面要有一千首曲子，不知道的话就完蛋了。绘画也是如此，亨利·卢梭也好，克里姆特也好，提笔作画都是从汲取这些作品中的灵感开始的。日本歌手美中不足的就是不听外国音乐或对手的作品。这样做似乎并无不妥，但信息的积累会越来越少，渐渐地就只能写出雷同的歌曲。所以我说还有很多要学习的。

铃木 唱片公司里没有音乐领域的专业人才吗？

石坂 美国的唱片公司经理很多都是专业人士，二把手则是律师或者注册会计师。也许不久的将来日本也会变成这样，但当前很多经理人都固执己见。与从前相比，如今唱片产业都在向着大企业发展，过去三十亿日元就算顶级了，现在已不可同日而语。这样一来，管理者就必须具备专业技术，音乐产业中却没有这类专业人才。从银行、商社这种大企业来的人成了最高负责人，他们既不了解曲目，也不具备 A&R（artist & repertoire 的缩写，负责统筹艺人与音乐）资质。一旦换成精通法律和技术的人管理，就不会再追求歌曲大热了。

铃木 电影公司过去也会负责策划、制作、宣传和销售等全部事项，但现在已经不这么做了。如今电影公司的作用是把别人做好的东西拿过来宣传，之后交给电影院放映。宣传做得好的公司就能存活下来，制作已经完全被排除在外了。

石坂 以前的电影公司老板有一种创作热情，我想这是因为时代背景。残破不堪的日本战后开始腾飞，就是依靠这样一种能量。如今人们不再这样做了，而是组合起来：一把手是精通 A&R 的人，二把手则是负责管理和运营的人。这些不是我想出来的，欧美都是如此。老大是 A&R，具有创造性。本田宗一郎就是这种人，而在创业期与本田一起奠定基础的藤泽武史则是负责管理和运营的二把手。现在我们公司也是这样。最后的结果会证明这样做是好是坏。

铃木　会继承一把手的想法，对吧。

石坂　单打独斗是不行的。我认为这种组合搭配可以让唱片公司恢复黄金时期的活力。现在的音乐会议都不谈音乐。音乐产业不谈音乐已经有三十年了。以前唱片协会总会试着创造一种节奏：今年做"哆咚啪"，今年是"恰恰恰"，等等。没有这些绝对不行。

铃木　是唱片协会商议后才这样做的吗，以行业整体的立场？

石坂　酒店业也是如此，各行各业都在这么做。今年主推面类等等。原来音乐界也不把这些放在眼里，但总的来看，近几年热门歌曲变弱的背后或许也有这层原因。当然，其中也有一些优秀热门歌曲，我说的并不代表全部。

铃木　当然需要有详细的分析，还存在着偶然成功的情况。

石坂　确实有个别情况，但终究还是看A&R。优秀的作品会解决所有问题。有名的大西洋唱片社长、创始人，土耳其人艾哈迈德·艾特根曾说："一次成功会解决唱片公司的各种问题。"虽说糊涂账不太好，但粗枝大叶的经营也是一种经营方式，一次成功——齐柏林飞艇的大获成功就解决了大西洋唱片的问题。也可以说是奥蒂斯·雷丁解决的。

铃木　一次成功就让所有问题迎刃而解。产业支柱变了啊。最近提到电机行业就是DVD对吧？日本发明的DVD录像机大获成功，现在还打算销往美国。有时也会发生某个创意席卷全球的事情。

石坂　没错，新产品取得成功不仅能提振士气，还能救公司于存亡之间。《在世界中心呼唤爱》走红后，小学馆也上了报纸。

虽然小学馆本就是经营稳定的大公司，但也没有出过如此畅销的作品。

铃木 这么说可能有点偏题，但手机也是吧？我突然意识到一个问题：手机算电话吗？手机功能多样，又是种通信设备，很难取一个所有人都懂的名字。叫它"电话"的人可真厉害，这个名字简单易懂，谁都能理解。因为是"电话"，所以大家痛快地买了。如果像 PHS 一样自称"通信设备"，绝对不会如此畅销。命名非常重要啊。

石坂 名字确实重要。在我看来，用"contents"（内容）来描述音乐的人一定不听音乐。我非常排斥这种说法，也从来没有这样想过。

铃木 我也是，总有人说电影是"contents"。每当采访我的人这样说时，我都会生气地告诉他："我们做的是'作品'，也请不要说它是'商品'。"但是，从某个阶段开始，它已经变成"商品"了。

● 坂本九

铃木 提到畅销就会想起坂本九。他在 1963 年获得了美国公告牌榜单冠军。

石坂 如果是有计划地推进就再好不过了，那样更有持续性，但一切都是出于偶然。据说最初是一个名为 Kenny Ball 的英国爵士乐团（NIXA 唱片公司）出于某种契机在英国演奏了他的曲子，后来这首曲子又被 DJ 播放，是一个从默默无闻到远近闻名的成功故事，不过只有作品走红了。坂本九刚成为明星就立刻推出了第二张专辑《中国之夜》。这应该是东芝 EMI，当时的东芝音乐工业急急忙忙搞出来的，是最差的选择，他们大概认为表现出东洋风情就行了。

即便如此，新专辑还是登上了公信榜的五十来位。

铃木 原来是这么回事。

石坂 可见一次成功的作用有多么大啊，而且效果不会轻易衰退。不光音乐，电影也是如此吧。宫崎动画，你们如果不坚持到底就糟了。

铃木 但目前我们遇到了一些细节上的问题。比如，美国不是有很多不会英语的人吗？我们在制作电影时会受到限制。

石坂 还要做面向拉丁裔美国人的版本。

铃木 是的，但在美国上映还是得用英语。这时采取什么措施呢？首先是台词要少，确定整部电影中有多少台词，而且必须要简单。

石坂 挺有意思的。

铃木 很遗憾在好莱坞越来越难做出有深度的作品了。

石坂 我认为与GNP（国民生产总值）和GDP（国内生产总值）相抗衡的是GNC。《外交政策》两年前刊载了专题报道，GNC，即Gross National Cool，国民酷总值。

铃木 Cool，就是酷。

石坂 报道称发达国家一定要酷，其中潜力最大的是日本。虽然现在的第一名是美国，但日本的潜力是第一名。电影、动画、棒球、足球，就相当于一朗的第一年吧[①]。还有汽车、原宿和青山的时尚潮流等等。二十年后，铃木先生你们大概会被称为先驱吧。音乐也必然如此。

---

① 指日本知名棒球选手铃木一朗正式进入美国职业棒球大联盟的第一年。

● **公司要有创作者**

铃木 回到最初的话题，有个问题想请教您。创立吉卜力的时候我和宫崎骏谈了很多，打算设立从策划到成片的系统化的机制。动画领域基本上没有这样的公司。即使公司有策划部门，动画师也要全部依靠外包。虽然有负责背景图的岗位，还是要找外面的人来做，配乐也是如此。好不容易才能做出一部电影。吉卜力有着一段逐渐扩增部门的历史。从这个角度来说，我们回到了过去的模式。我们公司大约有一百名工作人员，加上签约的人差不多有一百八十名，这个人数可以支撑我们完成从策划到最后影片剪辑的全部作业，就像工厂一样。我认为将员工集中在一个地方办公非常重要，为了实现这点也花费了许多时间，但效率明显很差。即便如此，我还是认为这么做很重要。来自唱片公司的您对此怎么看呢？

石坂 文化包含无用功，这已经是根本性的认识了，但现在人们追求的是高效经营，两者互相矛盾。多数经营者和从业人员、顾客和股东都明白这一点，但也不能因此就争辩说"最好要重视这些无用功"。我们需要不好的音乐来衬托出好的音乐。文化就是相对的。

铃木 但回到过去是好是坏呢？这是一种怀旧吗？

石坂 我觉得是好事，这不是单纯地回到过去。刚刚也说过，我认为A&R出身的人最适合当老板，但也不能只靠他一人，还必须有专业的会计，就是懂金融的人。

铃木 创作者呢？唱片公司里有没有职业创作者？

石坂 公司里不需要。公司肯定有一堆限制。

铃木 但过去是有的吧。

石坂 过去确实聘用过作家，包括专属一家公司的创作者，还有职业作曲家、作词家。这是行业初创期的现象。

铃木　果然是初创期的现象啊。

石坂　我想是的。现在比起创造性的工作，很多人会为了生活选择其他的职业。如果既能从事创造性的工作又能积累财富，大概就不会这样了。

铃木　我曾在书上看到过，好像有个词叫"职业横转率"，也就是换公司的普遍程度。日本战前这个比率非常高，好像是世界上最不在乎换公司的民族。

石坂　终身雇佣制是战后才出现的吧。

铃木　没错。松下幸之助创立公司后最困扰他的就是这一点，不管培养出多优秀的人才，人们最终还是会离开。于是他学习海军的终身雇佣制和年功序列制，给民众一个日本式大企业的幻想。公司拥有所有部门，而且全都因袭旧制，迎来了战后的繁荣。然而从某个时期开始，这些都土崩瓦解了。我强烈地感觉到，现在的混乱与此有关。也许会被人说是怀旧或者效率低下，但吉卜力想要试着做一下那种傻事，负担了所有部门。

石坂　原来如此。年功序列制、终身雇佣制、工会协调都是战后出现的。日本过去确实有换工作的高度自由。如果认为终身雇佣制始于德川时代，那就大错特错了。在这个意义上，回到过去也可以说是向前看。

铃木　我也有这种感觉，如果不能再次跨越这个障碍，就不能为优秀创作者的诞生打好基础了。

石坂　只是就唱片产业来说，要想建设一贯化的综合系统，营业额必须达到两千亿日元，我们这种公司只有七百亿，规模太小了。音乐行业和刚刚的例子还不太一样。

● 音乐的类型为什么会消失？

铃木 回到刚才的话题。您说现在很多音乐类型都消失了，我对这件事特别感兴趣。我喜欢的评论家加藤周一曾经说过——当然很多人也写过——日本文化最大的特点是杂种文化。中国就是一个很好的例子，每次政权更替都会摒弃以前的文化，除旧布新。而日本肯定会保留以前的东西，正因如此才有如今的百花齐放。动画也一样，比如华特·迪士尼就认定动画，即根据漫画做成的电影，是面向儿童的，但日本人却满不在乎地将所有题材都做成动画。在全世界范围内，这是令人惊讶的，怎么什么都做成动画？类型增加就是动画的特色。为什么只有音乐的类型渐渐减少了呢？

石坂 其中一个原因是没有在全球市场上形成有效竞争，也就是没在美国站稳脚跟。古典音乐和爵士乐都是。除非解决这个问题，否则日本的音乐和音乐产业就不可能跨越挑战。不过，先有意识才会发起挑战，完全没有挑战意识的人只会停滞不前，这样待下去问题无法解决。日本商业受国家经济和海外动向影响很大，无视全球市场是做不下去的。美国音乐界有一个简单的结构——只要在国内成功，就可以进军世界。大约可以打入四十个国家的市场。在美国卖出十万张专辑并不是什么了不起的事，但如果在每个国家都卖出五千张，那就是二十万张，再加上本土的十万就是三十万张，足以平衡盈亏。日本的制作费与美国差不多，但 CD 只在日本畅销。假设盈亏平衡点是十万张，那么只卖两万张就会出现赤字，遭遇棘手的情况。即使在亚洲卖得不错也会亏本。

铃木 是物价的原因吧。

石坂 货币价值、汇率都有。虽然情况比较混乱，但也没必要太悲观。如果做音乐会让自己悲观，那就别做了。音乐应该是甜蜜的诱惑啊，不然做什么音乐，还不如去玩铁呢。这不是因为对铁不会产生迷恋之情吗？总之得对作品充满兴趣。

铃木 石坂先生可真是贪心啊，又想做出好的作品，又想在音乐产业取得成功。

石坂 铃木先生才是呢。

铃木 不，我才不会这样。

石坂 我还希望日本人能够引领行业发展。那样心情会很好吧？你们经历过了，但我们还没有。

铃木 啊，算是吧。想谈一件琐碎的小事，您是怎么看待宣传的呢？最近，只有中老年的大爷大妈们会看报纸和电视，杂志也都不行了。要说年轻人从哪里获取信息，其中一个地方就是便利店。以罗森为例，目前有七八千家分店，顾客都是年轻人，店内摆放着一百万份免费报纸，还有CD店出的免费报纸、卡拉OK的歌本等等。说得极端点，现在的年轻人不看电视，不读报纸杂志，连网络都不看，只通过便利店和唱片店来获取信息，对大量涌来的讯息说"NO"，觉得"我们有这些就足够了"。现在就是这种情况。

石坂 确实有您说的这种倾向，但也不用太苦恼。宣传开销过多好不好？是不是最好别花宣传费？我不知道。柴崎幸凭借《在世界中心呼唤爱》这一主题曲出乎意料地走红，是花了很多宣传费的结果吗？完全不是。我们无法全部合理分析，也没有方法论。要做什么就依靠直觉。我去罗森的时候也会想："在这里折腾一下能卖个两张吧。"七千家店就是一万四千张。最后我决定不做这种事，我不是这边的人。便利店与音乐不相称，我想这只是漫无目的地转来转去罢了。媒体总以独立制作人为话题，但一年里能取得成功的也就一部作品，其余都是累累尸骸，实在是夸大其词了。销量也就三千到五千张，连大众化都算不上，没什么了不起的。媒体可能是觉得有趣才报道的吧。

铃木 刚才提到《昂首向前走》，宇多田光是贵公司的歌手吧，听说她要在美国发唱片了？

石坂 这次我们的特别任务是怀着商业目的，给日本的主流艺人有计划地在美国的大厂牌出唱片。这在日本历史上是首次。当初谁也没想到坂本九会红，甚至不知道《昂首向前走》在外国的名字变成了《寿喜烧》。坂本九、中村八大、永六辅，都是歌曲走红后才被大家注意到。这次美国方面也组建了一个项目小组。此前也有专辑进入了公信榜，比如古典音乐有富田勋演奏的霍尔斯特《行星组曲》等，但直球操作还是头一回，而且像一朗和松井秀喜那样进行了大张旗鼓的宣传。这是个挑战，所以最开始的目标范围比较大，能进入公信榜前五十名就行。因为是大型唱片公司来制作，只要表现出潜力就很厉害了。而且宇多田光也没有语言上的障碍，做经理的父亲说一口流利的英语，她本人更是完美。

铃木 我曾想过，如果把那些让《昂首向前走》在美国走红的人的故事拍成电影，应该挺有意思。而且不能由日本人来拍，我希望交给美国人。

石坂 不过，日本的记者为什么那么悲观呢？所有事情都想得很消极，听多了会觉得日本明天就要崩溃了。这种言论不适合音乐，要是能写一些给人带来希望的东西就好了，没理由质疑宇多田的价值。国际会议晚宴等场合没有以日本人为中心的圈子，这多可笑啊。我相信，以您为中心的圈子会逐渐扩大。还请把那些爱担心又没自信的日本人剔除出去。

铃木 还请您在音乐领域不断前进。

石坂 我会的。

铃木 今天谢谢您。

《热风》，2004年10月号

身处制片厂就是一个创作团体的时代

山田洋次

电影导演。1931 年生。

1954 年进入松竹大船制片厂。

1961 年执导首部电影《二楼的陌生人》。

有《寅次郎的故事》系列、《学校》系列、《家族》、《幸福的黄手帕》、《黄昏的清兵卫》、《母亲》等多部作品。

* * *

● **没有剧本的电影**

——看完《哈尔的移动城堡》您觉得怎么样?[①]

山田 我觉得刚看完宫崎导演的作品就立刻评价哪里好、哪里有些不足,这样随便抒发感想不太礼貌。不管怎么说,城堡的动作真是太出色了。我看到那幅画的时候就在想,它可能会这样移动

[①] 本篇中"——"部分的发言者为编辑部。

吧？会不会跟我预想的一样呢？这大概也是之后要去看电影的数百万观众的想法。

刚刚参观工作室的时候听到铃木先生说"（宫崎导演）没写剧本就直接开始画图了"，这出乎我的意料，我感到非常惊讶，但又觉得可以理解。不这样做大概就画不出那样的世界了吧。

铃木 确实没有剧本。当然了，宫先生也不是从一开始就这样，《魔女宅急便》之前的作品他都写了剧本。开始采用现在这种方法的契机是《红猪》。

之前他总说："动画是孩子看的东西，所以我不谈绝望，最后必须以希望结尾，故事也一定要有起承转合。这是我的义务。"然而总做这类作品，不知不觉就积累了很多压力。于是他提出："让我为了自己做一次电影吧，一个短篇就行。"然后便开始制作《红猪》。最初计划做二十分钟，他画好分镜图后拿给我看，我看得一头雾水，问道："他为什么会变成猪呢？"讨论着讨论着就发现片长已经变成五十分钟了，而我们不能推出这种半长不短的作品，所以这次我主动说："做成八十分钟吧。"最终诞生了吉卜力第一部时长九十分钟、没有剧本的电影。

● **扩建，扩建**

山田 这与逐步扩建的日本建筑是一样的，西方人就没有这种想法。

铃木 您说得没错。他的思路就是这样，而哈尔的"移动城堡"也是这么设计的。

山田 确实是这种形式啊，扩建，再扩建。

铃木 如果是西方人就会先规划整体，再设计局部。

山田 考虑整体的平衡和美感。

铃木 而且左右肯定对称。但宫先生在设计城堡的时候是先画好了头部，再一个个扩增部件，然后将逻辑理顺。当时他竟然还没有构思城堡的内部结构，又开始发愁"城堡里面该怎么办啊"。最后虽然外面看起来很大，但里面就只有两层楼而已。

山田 没错，地方也不宽敞。我还在想引擎在哪里呢？想了很多有的没的。

铃木 我以为要盖三四层呢。他创作的作品有个特点——建筑本身就是重要的道具。原作中有转动门把手就能前往四个世界的设定，他不知道该如何处理这之间的关系，于是就变成了现在这个样子。

从《红猪》开始的"扩建式"剧本创作逐渐升级，其顶峰也许就是《哈尔》。

● 镜头长度不同的电影

铃木　《哈尔》有近一千四百个镜头，原本计划平均每个镜头五秒，完成几十个镜头后，我们检查发现，不知何时起一个镜头变成了十秒，于是我赶忙说道："宫先生，秒数翻倍了！"他听后立刻想好了说辞，这就是宫崎骏的有趣之处。他说因为主人公是老太婆，所以镜头变长也是理所当然。之后我们又将每个镜头的时间缩短为五秒，因此这部电影的前半部分和后半部分的镜头时长是不一样的。《千与千寻》前后两部分的时间流逝也完全不同。虽然宫先生做了这么多部电影，但他对这种事情不太上心。最近他好像也看开了，不以为意地说"随心所欲就好"。

山田 也就是说时间可以延长，可以缩短，空间上也随心所欲。

铃木 空间和时间对动画尤其重要，毕竟是虚构的东西，不认真设定的话就无法让观众相信。此前他所有的电影都合情合理，但这次却出现了很多用魔法解决问题的场景。对此我也很苦恼，不知道这样做好不好。

山田 如何处理那些不合情合理的东西呢？

铃木 如果用魔法的话，一切都很简单。也许是宫先生本人已经调整好心态了，这次运用了大量的魔法解释。

山田 确实是这样。

● 如果自己在现场，会看到什么？

山田 看到可疑的轰炸机飞过去的场景，我就在想，东京大轰炸时的 B-29 轰炸机也是这般大小。

铃木 宫先生的想象力很丰富，更何况那些都是具体的、实际存在的人。他总是设想自己在现场的话会看到什么，以此为基础描绘画面。日本投降时他只有四岁，但他用想象力充实了那个时期的记忆，思考"战争是这样爆发的。当时老百姓能知道的也就这些吧"，绝不会以俯视的角度看事情。而我就会想"要不要稍做说明"，而他做的电影都是从主人公的角度出发，逐渐了解周围情况。

他本想做一辈子动画师，但诸多因素导致他被迫做了导演，至今还在说不想当导演。

山田 真是个有趣的人。

铃木 他自己会画画，所以会给工作人员技术指导，画得不对的话他就会自己动手。

山田 因为画出来的与导演设想的不符吧。

铃木 说实话，他基本都不满意。让别人来画可以激励他，结果他自己一天就画了几百张图。

山田 几百张！太厉害了！

铃木 偶尔也有这种情况。《哈尔》中有一幕场景是苏菲和荒野女巫一起爬楼梯，原本是宫先生说"想做两位老奶奶爬楼梯的画面"才开始画的，但没人能画出那种感觉。最初的计划是用台词撑过去。中途苏菲伸出手，老奶奶牵着老奶奶，宫崎想用这个场景打动观众。有一天我们找到了能画出这个场景的优秀动画师，他当即表示"可以填补空白的时间"，然后改变了分镜内容，秒数也多了一倍。宫崎非常开心。

山田 就像名演员登场一样。

● 倍赏千惠子的声音

——说起名演员，您觉得倍赏女士在其他导演的作品中演技如何？

山田 原本担心她演不好这么难的角色，但实际上她表现得非常出色。再次佩服她的能力，非常了不起。她的功劳很大吧？

铃木 是的，非常大。对苏菲这个角色，宫先生要求"能配好年轻时和年老后的两种声音"。他本人说"东山千荣子女士很合适"。一般他提出来的人都已经去世了，于是我提议："你觉得倍赏女士怎么样？"

实际见面后我发现倍赏女士是个天真烂漫的人，与樱花的性格完全相反，让我很惊讶。[①]

山田 我看着平时的她就会觉得不可思议，那丰富的想象力究

[①] 倍赏千惠子在《寅次郎的故事》中扮演主人公寅次郎的妹妹樱花。

竟从何而来呢？这大概就是天赋吧。

铃木 真是非常感谢她。

● **要做什么样的电影？**

铃木 我非常喜欢您的电影，八十部作品基本都看完了。电视上放映的《寅次郎的故事》也按时收看，前几天还去看了《隐剑鬼爪》，非常感动。

山田 谢谢。听说您帮忙写了宣传文案，我们立刻就用上了。

铃木 我擅自做了这些，抱歉。电影真的很有意思，看到您这代人仍在为大众制作优秀电影，我很安心。

最近年轻人做的电影总会吓人一跳。比如《跳跃大搜查线》（1998年）的一些场景，若放在以前的小说、电影、漫画或戏剧中，片中人物肯定会互揪衣领打在一起，但这里却在冷静对话，给了我很大冲击。还有碇矢长介饰演的老刑警，如果黑泽明是导演，会把他塑造成一个令人反感的角色，让人感觉"刑警真是个讨厌的职业啊"，但这部电影去掉了这部分，将其刻画成年轻人眼中的理想大人。

山田 并不是刻意为之，而是从结果上看是这样。也就是说没有活灵活现地塑造人物。

铃木 是没有刻画人性，但在表现真正的年轻人现在有何感受这点上做得很棒。

山田 画面流畅，让人感觉很舒服。

铃木 宫先生也想做一部以二十岁女性为主人公的作品，但这时出现了《跳跃大搜查线》，我意识到即使做出来也没有任何真实感，于是急忙劝他别做了。

多亏了便利店，现在随时随地都能吃到食物。同样，电影也能随时随地观看，不见得要去电影院。面对这种情况，我一直在苦恼今后要做什么样的电影。其实早就该出下一个策划了，可我却迟迟拿不定主意。

山田 拍摄中我也曾突然陷入沉思："观众真的会在黑漆漆的电影院里，在大银幕前和立体音响的环绕中观看这部电影吗？还是说，拍电影必须要考虑电视机屏幕前的观众呢？"比例恐怕是一半一半，有的电影可能会有六成左右的观众通过电视观看，但我做的不是这种电影。我也常常对工作人员说："必须想象素不相识的人们在剧院里看着这部电影一起欢笑、一起落泪。"所以拍摄时我不喜欢看监视器。不在摄影机旁边看着演员的表情，我就会觉得自己是在做DVD，会想："这种导演方式行不行？拍摄方法是不是太弱了？"

● **吉卜力发生的事，也正在社会上发生**

——您参观完吉卜力有什么感受？

山田 一句话，羡慕。我在电影发展的黄金年代进入松竹大船制片厂，那时厂里约有一千两百人，都是领月薪的职员。从印刷部到冲印室，所有这些都设在了摄影棚内，所以常说我们唯一不做的就是胶片本身。导演和编剧没事的时候也会来制片厂喝点咖啡，到处都有人在讨论"这种故事是不是很有趣"。总之，整个制片厂就是一个创作团体。负责大小道具的师傅都非常有意思，我们有时还会以他们为素材来创作电影。精简后的制片厂就是这间吉卜力工作室啊。

铃木 在制作《哈尔》之前，我们召集年轻人开了一个策划会议。会上首先提出的议题是："主人公能不能全程都是老奶奶？"讨论中有一位女生说道："我常常想，为什么主人公必须是年轻貌美的女孩呢？我希望从头到尾都是老奶奶。"她的意见非常有参考价值。

我们在制订新的策划案时也常常会从身边事物和吉卜力的工作人员身上获取灵感。现在的年轻人都在烦恼父母的问题。患有精神障碍的孩子，追究原因多数也要归结到与父母的关系上。我们也在考虑要不要做一部展现孩子眼中父母的电影。

山田 可以说得具体些吗？

铃木 比如厄休拉·勒古恩的《地海传奇》这种外国奇幻作品。看一看就会发现，里面的人物都只考虑自己，这种作品对现状有很大帮助。如果将我刚才提到的孩子眼中的父母问题放进这里面，结果会怎样呢？浅野敦子有一部儿童文学作品，名为《野球少年》，讲述了从小学起就是天才投手的少年转学到乡下，在新球队中成长的故事。如今大家都把自己封闭起来，所以我觉得这种故事也挺不错的，这样那样想了很多。

在吉卜力发生的事，正在社会上发生，或许还会在世界上发生，这是我思考的基础。

● **一定要用电影认真地描绘一次那个悲剧的时代**

铃木 我们对于不适合做成动画的题材也很感兴趣。比如记者铃木东民的故事，战前他批判军方，批判纳粹，战后最先追究邀请自己进入《读卖新闻》的正力松太郎的战争责任。我们调查后发现，他的情况与我们对战争时代的印象有些出入，非常有意思。在如今这个大叔害怕裁员、年轻人无法畅想未来的时代，刻画这些人会很有意义。

山田 我对军人的故事很感兴趣。描写军队有一定危险性。但至今军人只以一种模式被描写过。在国民皆兵的时代大家都当过兵，所以军人应该也有各种各样的人。总之我觉得电影和小说都没怎么展现战败前后的故事。一定要用电影认真地描绘一次那个悲剧的时代，这是少年时听过战败诏书的我们这一代人的责任。

铃木 关于战争中的日本，井上厦先生用戏剧生动地展现了仅靠文字无法了解的日常。

山田 小说和电影也不怎么描写这些。我们是少年时期了解这段历史的最后一代人。

——您对身为制作人的铃木先生有何印象？

山田 真是难得的人才啊，与他共事的导演肯定很幸福。很多没品位的制作人张口闭口就是"内容经济"这种外来词。制作人首先要喜欢电影、懂电影，一定要是喜欢电影喜欢到会犯错的人。

铃木 我是个半路出家的制作人，至今仍感觉自己像个门外汉，总觉得是因为没有人来做，所以我才上的。

山田 这不同于木工师傅盖房子的那种"专业"，制作人可以有各种类型，导演也一样。

说起来，以前您对我说"请再拍一部寅次郎"。我说："渥美先生不是去世了吗？"您答道："有一个人可以接替。那就是高仓健先生。"

铃木 在某个时期以前，高仓健先生有两种演技。一种是我们熟悉的有礼貌的痞子，另一种是《网走番外地》那种动不动就发火但心地善良的人物。不知何时这些角色都不见了，作为粉丝真的觉得很没意思。您就不能再做一部吗？

山田 恐怕不行。不过，要是他来饰演寅次郎这种单纯又善良的好人，还挺让人开心的。因为他真的是个心灵美好的人。

《电影旬报》，2004 年 12 月下旬号

我们处在时代的转折点

铃木康弘

Seven Net Shopping 董事长兼总经理。1965 年生。

自武藏工业大学毕业后进入富士通，之后就职于软银。

1999 年创立 E Shopping Books（2009 年更名为 Seven Net Shopping），工作至今。

* * *

铃木敏夫（以下简称敏夫）：您觉得《乐在电影》这本书怎么样？

铃木康弘（以下简称康弘）：很有意思。之前就觉得敏夫兄是个不喜欢循规蹈矩、想反抗世间流俗的人。您在书中写道，制作《萤火虫之墓》的预告片时，其他电影的预告片都由短镜头连接而成，您反而做了一部展现单个长镜头的预告片。这不是与潮流唱反调吗？之前谈到《哈尔的移动城堡》时，您说："我们这次改变了宣传方式，要做不宣传的宣传。"我心想："又来了。"但对管理者而言，这一点是最宝贵的。首先打破成规，然后别管周围人的看法，做自己想做的事。这样的人基本都擅长经营公司，所以您很适合当社长啊。

敏夫 这我不太清楚，但就打破成规来说，您也一样吧？借助网络建立了前所未有的电子商务书店。

● **创立网络书店**

康弘 我在软银当过系统工程师，对互联网感兴趣，也喜欢书。1999年1月，软银召开全体大会，孙正义社长说："今后是网络的时代。你们如果有不错的策划案就拿过来！"我花了一周时间写好一份借助网络买卖书籍的策划书，拿着它去找孙社长，他欣然同意，让我放手去做。

敏夫 孙社长负责点火，而您负责将事业设想具体化。

康弘 只是策划倒还好，可那年五月召开记者会，宣布"十一月开始营运"，这就非常棘手，因为五月这个时间点只有我一个员工。

敏夫 当时的设想是什么呢？

康弘 我们调查后发现，仅战后就有一百七十万种图书出版，正在流通的有六十万种，其中多半在日本最大的书店纪伊国屋有货。其余近一半的书籍恐怕没人见过。我想让它们被人看见。如今大家都在便利店缴费，这样一来，便利店就具有了"谁都会去"的普遍性，要是能在这里买到书会怎样？还有，我们很难承担库存的管理工作，所以打算直接使用图书批发点的库存。我的设想是，只要品类齐全，确保有地方领取商品，就不用自己持有库存。

敏夫 网络书店的出现让我很在意。当7&Y（现Seven Net

Shopping）还是 E Shopping Books 的时候，我曾问过德间书店这是什么。对方告诉我，此前与德间书店往来的书店中，销售额最高的是纪伊国屋新宿总店，现在已经被 E Shopping Books 超越了。当时我心想，原来还有这种事。刚刚听完您的话，我还有些想不明白的地方。7&Y 上有目前日本流通的所有书籍，用户则从这些书里挑选，这样就没有在某时某刻偶然遇见某本书的特别瞬间了。我觉得这对喜欢书的人来说是一种压力。这份压力在不久的将来会成为网络书店的一大问题。

康弘 我明白。但不是只有书才出现这种情况，信息也是如此。过去大众媒体整理大量信息传递给世人，现在由于网络普及，所有人都能获取信息。虽然很方便，但同时也会形成一种压力。

敏夫 信息接受者确实会感受到压力，但收集信息的平台也有问题吧。老实说，吉卜力如今正饱受网络拍卖的困扰。

康弘 怎么回事？

敏夫 比如三鹰之森吉卜力美术馆的门票，还有我们在爱知世博会上展出的"小月与小梅之家"的入场兑换券，都被放在网上拍卖并卖出了天价。我并不是要否定网络的系统和设备，只是觉得既然搭建了平台，就有义务进行运营和维护，这方面还需要完善。

康弘 有些方面确实有待完善。

敏夫 我曾向拍卖网站提意见，希望不要再发生这种情况，如果有涉及吉卜力的相关商品，还请立刻下架。但对方的答复是"没有触犯法律"。如果就这样放任不管会发生什么事呢？那些将美术馆门票放到网上拍卖的人中已经有人被捕。警视厅根据相关条例解释称，网络上的这种行为就相当于公共场合的黄牛倒票。不过这是依据条例做出的判断，所以不同地方可能会有差异。东京执行了逮捕，其他县就不一定了。因此还要在整体层面上进一步整改。我认为在开始新业务时，必须制定一些规则，告诉人们这项新业务相当于社会中的什么部分，能做什么，不能做什么。

康弘 确实需要这样整改。希望法律方面也能灵活应对，推进制度完善。

敏夫 目前拍卖公司称会遵守完善后的法律，但自身却没有积极采取彻底的措施去应对。话说得非常明白。看来现在只能由我们自己推动警方处理。

康弘 此前互联网之外也是黄牛和盗版盛行，现在全都放到了网上，有种问题浮出水面的感觉，其中也包含是否合法的问题，作为从事网络商务的一员，我会认真接受您的意见。

● **如何面对网络带来的压力？**

敏夫 不管是网络书店还是网络拍卖，都是个人俯视整体，再从里面选择一个。过去一国之君才能做到，现在普通大众也可以。如果这反而导致了压力和问题，今后又将如何呢？

康弘 一套系统出现后，下一代人会进行更新换代，原来的系统肯定会被淘汰。就我所做的网络书店而言，我们想再设计一套更倾向于个体信息的系统。具体来说，我们打算在网上做一家有个性的书店。

互联网诞生于美国。敏夫兄在书中引用了加藤周一先生的话，说西方人的想法是"从整体到部分"。互联网也是一套"放入所有，搭建整体"的系统。加藤周一先生说日本人与此相反，做事是"从部分到整体"。我并非想要模仿，但互联网世界今后应该也会更加倾向于个体信息，走向日本的特色形式。

以商品流通来说，超市和便利店都由国外传入，但现在全被改造成了日本式。我想，网络世界也会发生同样的事。

敏夫 我很想知道便利店的未来。便利店好像已经融入日本的土壤，形成了独特的形态。全国各地都有同样商标的便利店，商品丰富齐全，所有日本人都能享受它的便利。可是人类非常贪婪，一旦得到就不再珍惜，下次就会追求个性。便利店行业正面临艰难的局面。您觉得今后会如何发展呢？

康弘 直到不久前，便利店摆放统一商品这点还是挺吸引人的。其他便利店想的是从超市的畅销商品中选出消费者需要的商品放在店里，而我们公司的股东 7-11 店里却摆放着超市里没有的商品。便利店中的自有品牌越来越多了。店铺与招牌很难改变，店内陈列的商品却在不断变化。还有我们正在做的以图书为主的商品交易场所，商业交易的形态不会局限在店内，而是会有效利用互联网等资源持续扩张。

敏夫 但招牌上的标志不会改变吧。到处都一样的标志现在已经成为阻碍了，这样下去会不会越来越糟呢？我之所以担心便利店的发展，是因为看着便利店就仿佛看到了未来。便利店的优点是无论何时何地都能买到商品。我们这代人吃饭非常准时，早中晚饭时间都是固定的，不在那个时间就没饭吃。便利店的出现让人们随时都能吃上饭，年轻人就不再按时吃饭了，他们认为既然随时都能吃上饭，那么不好好吃饭也没关系。这种结果也是理所当然的。一切都整齐划一，人就会反抗。今后便利店要是能重新认识"随时都能买到商品"这点，或许可以反其道而行。就食物来说，早餐类商品只在早晨或某个时段售卖。这样做应该能给便利店所在区域的人们带来文化和生活节奏上的影响。

康弘 就是要给"什么都有，随时都有"这点设限，对吧？敏夫兄的想法果然与社会潮流逆向而行，太有趣了。

● 乡愁与怀旧

康弘 换我请教您，目前我们的7&Y上韩剧DVD非常受欢迎，您如何看待"韩流"呢？

敏夫 对这一热潮我没怎么深入思考。有段时间香港电影非常流行，怎么回事呢？电影曾是一种杂耍节目，但没多久就偏向戏剧一边，杂耍的成分越来越少。这时，成龙在香港再次尝试杂耍元素，以影像呈现人的肉体能做到何种程度。我在《乐在电影》中也提到，美国动作电影的主演身材越来越健美了，比如阿诺德·施瓦辛格。这时出现了《虎胆龙威》，主演是身材普通的布鲁斯·威利斯。我觉得这是让人的体格再次回到原有标准的伟大挑战。成龙不仅以普通体格挑战动作电影，更拓宽了表达的可能性，不断展现激烈的武打动作。我想这就是大家想看的东西。然而这只是一时的，身体能力的极限即演员的巅峰。

我从"韩流"中感受到了同样的内核。韩剧是在研究"电视剧究竟是什么"后创造出来的作品。编剧学习西方和日本电视剧中的创作理论，制作这些作品，所以日本人感觉它们很亲切。但总有一天这股浪潮会退去。那之后还会出现新事物吗？我认为不会。反倒是在海外电影节上备受瞩目的韩国电影，与日本的热门电视剧有着不同的味道，它们表现的是韩国如今存在的问题以及人们的自立自强，还有急剧现代化所造成的矛盾。因为主题都是这些，韩国电影才更好看。

康弘 您在《乐在电影》中写道，《在世界中心呼唤爱》深深打动了您。这部电影获得了巨大成功，但我觉得它与韩剧有些共通之处，令人十分怀念。现在流行的电影好像都有点乡愁或是怀旧感，也许这就是关键。

敏夫 用一句话总结那部电影的特征——古典。我想这与乡愁、怀旧确实有关。

康弘 您总是想打破既有印象。比如这本书中就写道，宣传动画电影时会采取"标题、文案、视觉"三位一体的宣传风格，或者主打"高级感"等等，打破过去"动画只面向儿童"的印象。

敏夫 我想就"高级感"做些补充。我一直觉得史蒂文·斯皮尔伯格对我影响非常大。他制作了《大白鲨》《E.T. 外星人》等，难道过去没有这种电影吗？其实很多，但那些作品都是给孩子看的，所以没花太多时间和经费，导演也把其作为日后拍好电影的一个跳板。但斯皮尔伯格喜欢童年看过的这种科幻和奇幻的题材。那么投入时间和金钱，认真制作这类电影怎么样？结果超越了儿童电影这一范畴，打动了广大成年人。从他出道到现在已经三十多年了，我觉得自那以后世界电影一直处于斯皮尔伯格打造的大框架中。在这个框架里，日本出现了一位宫崎骏。不过，最近斯皮尔伯格的创作能力已经变弱了。

康弘 宫崎先生在《哈尔的移动城堡》中打破了一般电影的戏剧理论，能力不减当年啊。

敏夫 宫崎骏从三十五岁左右开始执导动画，至今差不多有三十年了。他走过的道路就是电影的发展史。他初期作品的起承转合非常简单，之后渐渐变得复杂，最后达到一定水准，又在《哈尔》中打破了戏剧的规则。这就是电影的历史。宫崎骏与斯皮尔伯格是同一个时代的人，两人的差异在于，斯皮尔伯格渐渐成熟老练，而宫崎骏至今仍正值青春。不管本人是否愿意，青春活力已成为他作品的根本。与年轻女孩聊天的时候，大家都说被《哈尔》打动了，因为它完全契合年轻人的心境。她们问我："为什么那个老爷爷会知道我们的心思呢？"宫崎骏都六十四岁了。

康弘 在您看来，宫崎先生为什么明白年轻人的心情呢？

敏夫 只能说，他就是这样生活的吧。但是，斯皮尔伯格将少年时期的梦想拍成电影，宫崎骏怀着一颗年轻的心来搞创作，这些是否能继续引领时代呢？我对此也抱有疑问。

有一次我读了三浦雅士写的《青春已矣》。这是我近来看的最有意思的一本书。书中都是"青春""青年"这类词语，它们是什么时候开始出现的呢？江户时代并没有这种词语。进入明治时代后，日本政府为了对抗欧美，采取富国强兵的政策。他们把有能力的年轻人才召集到东京，说今后要由年轻人来开创时代、建设国家。在这样的时代主题下，诞生了"青春""青年"这些词语。明治以前的江户时代有士农工商的身份制度，维护以此为基础的幕藩体制才是最紧要的，如果让年轻人颠覆了时代可就麻烦了，但进入明治时代后又不得不依靠年轻力量来改造国家。明治以后，日本人被青春、青年这些词耍得团团转。但三浦雅士先生认为，自那以后已经过去了一百余年，这种依靠年轻力量的思考方式也该结束了。在此基础上，他以"今后日本人怎样生活"为主题展开论述，非常有趣。明治以后创作的戏剧、小说、电影都着重展现了"青春"这一主题，现在这种作品也要销声匿迹了。我觉得下次寻找电影创意时肯定会遇到与之不同的主题。

康弘 具体是什么样的主题呢？

敏夫 我也正在摸索。听高畑说，美国电影至少经历过一次制作方面的思维转变。在某个时期以前，好莱坞电影的主题都是爱情。后来《星球大战》出现了，主题又变成哲学。那部电影讲述了主人公卢克深入自己内心的故事，他陷入了"敌人达斯·维达就是自己的父亲"这种分不清善恶的状况。重要的商业系列电影做了这种主题并取得成功，瞬间改变了好莱坞电影。《星球大战》之后的好莱坞电影必定会包含哲学。我认为《星球大战》还受到了美国新浪潮的影响，所以过去充斥整个电影界的爱情被纳入了哲学主题。现在不能再做只讲述爱情的电影了。一部新电影的出现可能会改变时代潮流，现在我们再一次来到了时代的转折点。想做的策划啊……厄休拉·勒古恩的《地海传奇》怎么样？我在机缘巧合下结识了原作者，最近经常邮件往来。我是日本人，邮件的开头都是时令寒暄，生活在美国的厄休拉·勒古恩并没有这个习惯，但因为我总是这样写，不知不觉间她也开始写时令寒暄了。

● 如何打动他人？

康弘 真有意思。我看了《乐在电影》后发现，包括《地海传奇》的作者在内，很多人实名出现，这展现了您构筑的人际关系网。您把形形色色的人拉来做想做的事。为此，如何打动他人就是关键。这是敏夫兄的厉害之处。

敏夫 儒勒·凡尔纳的《十五少年漂流记》很有意思，里面没有一个少年是完美的，这就要求十五个人齐心协力、团结合作。这是该作品的有趣之处，也是建立组织时的理想情况。每个人都有与众不同的特点，没有人掉队，也没有人被扔下。不能在适应现实的情况下组建一个这样的团体吗？我暗自想总有一天要把《十五少年漂流记》改编成电影。

康弘　今春成立的吉卜力会像《十五少年漂流记》那样吗？

敏夫　我还不太清楚。创建吉卜力时有人问我："要做一家什么样的公司？"他让我读了司马辽太郎的《燃烧吧！剑》和子母泽宽的《新选组始末记》，因为新选组会集了一群擅长打打杀杀的人，是日本第一个也是最后一个功能团体。这与做动画是一回事。读过这本书的人问我："要成为这样的团体吗？"这个功能团体也是宫崎骏的理想，他想依靠能力强的人来凝聚团队。可是新选组后来怎么样了？他们让周围的人感到恐惧，集团内部出现叛徒，变成了最差劲的团体。换言之，只追求功能是无法维持团队的。

康弘　吉卜力追求高品质的作品，所以很难平衡人与功能之间的关系。

敏夫　迄今为止都勉强完成了，今后吉卜力要做的也不会改变。我觉得看电影很开心，做电影也很有趣。如果看过《乐在电影》的人能发现从不同的角度观察，可以看到不同电影的乐趣，我会很高兴。如果有人能感受到做电影的乐趣，愿意加入我们，我会更加高兴。现在我是从吉卜力的角度思考今后应该做什么电影、怎么做电影，其他人也会在这个时期认真思考这些问题。

康弘　我也期待有人在读完这本书后能跟随您的步伐。今天非常感谢您。

《热风》，2005 年 5 月号

IV

呼吸着
时代的空气

我的经历

本章是我的个人史。是什么造就了我？我感受到了什么？我是如何思考的？

整理后我发现，这虽然是我的个人史，但里面也包含了我对时代的记忆与记录。对于重新拷问如今的时代和媒体状况，应该多少有些意义吧？

本章最后选录了我父母的故事。两人养育我长大，他们的精神至今仍存在于我的心中。请允许我以完全个人化的故事结尾。

我的家庭履历和经历

因为父亲的工作,我们家辗转于名古屋市内的昭和区、东区和北区。父亲原本在纺织厂工作,后来自立门户,做起成衣的制造贩售,店名是"丸银商店"。职工多的时候也就十个人左右,母亲也一起干活,是一间不折不扣的家庭作坊。住在东区大曾根时,我家二楼就是工作间,在这里批量生产夹克、衬衫、西装裤。我从懂事起就被安排在这里工作,中午大家一起吃便当,所以我没有家人一起吃饭的记忆。现在我仍然喜欢集体,喜欢大家吵吵嚷嚷、热热闹闹。

纺织业是一钱两钱的世界。缀一颗扣子大概要十五钱[①]。当父亲用粉笔在布上描画板型以节省布匹时,幼小的我心里总是敬佩不已。有一次东芝的工作服做好后发现商标太小,得全部重做,父亲难过得直掉眼泪。面对此情此景,我的心里也百味杂陈。

如果让父亲来画图,他肯定画得很好。和他一起走在繁华街道上,他会在与人擦肩而过的瞬间从胸前的口袋里掏出笔记本,三两下便画出那人的衣服款式。我在惊讶之余也开始画画了。父亲对漫

---

① 日元单位,一钱相当于一日元的百分之一。

从幼儿园到小学六年级的家

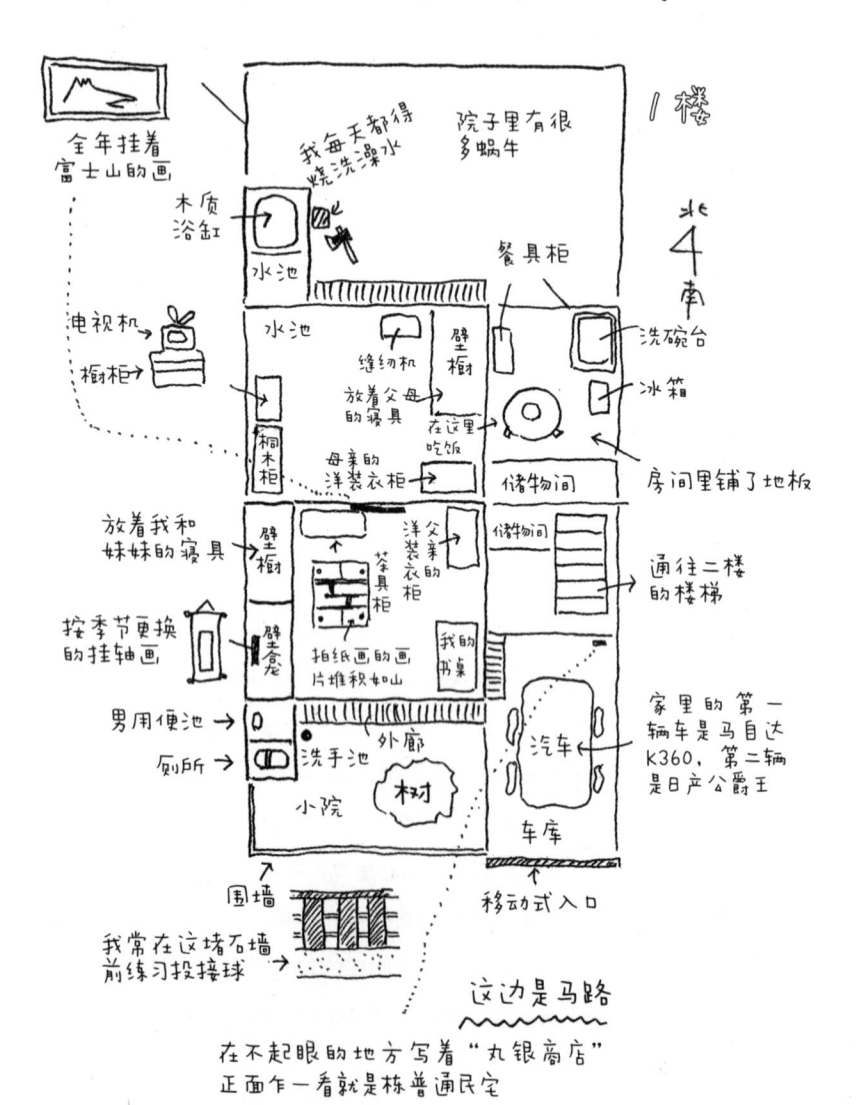

1楼

北←→南

全年挂着富士山的画

我每天都得烧洗澡水

院子里有很多蜗牛

木质浴缸

水池

餐具柜

洗碗台

电视机

橱柜

水池

缝纫机

壁橱

冰箱

桐木柜

放着父母的寝具

在这里吃饭

房间里铺了地板

母亲的洋装衣柜

储物间

放着我和妹妹的寝具

壁橱

洋父亲的装衣柜

储物间

通往二楼的楼梯

按季节更换的挂轴画

壁龛

茶具柜

拍纸画的画片堆积如山

我的书桌

家里的第一辆车是马自达K360,第二辆是日产公爵王

男用便池

厕所

洗手池

外廊

树

汽车

小院

车库

围墙

移动式入口

我常在这堵石墙前练习投接球

这边是马路

在不起眼的地方写着"丸银商店"
正面乍一看就是栋普通民宅

196

2楼的工作间

父亲的工作是制造、销售成衣

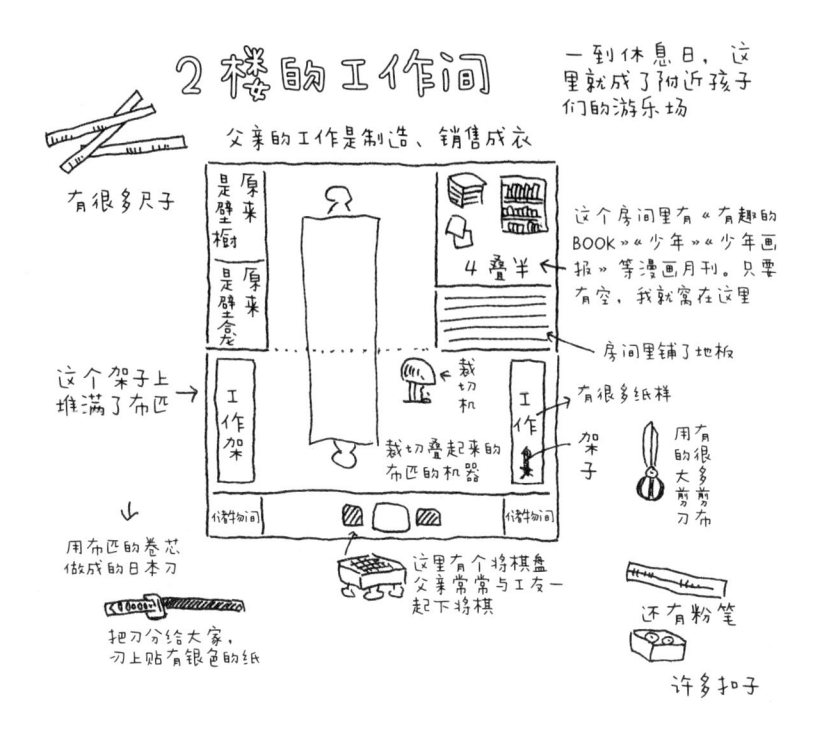

一到休息日，这里就成了附近孩子们的游乐场

- 有很多尺子
- 原来是壁橱
- 原来是壁龛
- 4叠半
- 这个房间里有《有趣的BOOK》《少年》《少年画报》等漫画月刊。只要有空，我就窝在这里
- 房间里铺了地板
- 这个架子上堆满了布匹
- 工作架
- 裁切机
- 裁切叠起来的布匹的机器
- 工作架
- 有很多纸样
- 用有的很大剪刀剪布
- 储物间
- 储物间
- 这里有个将棋盘 父亲常常与工友一起下将棋
- 用布匹的卷芯做成的日本刀
- 把刀分给大家，刀上贴有银色的纸
- 还有粉笔
- 许多扣子

画的热爱同样感染了我。他买来的《有趣的BOOK》《少年画报》等漫画月刊堆在四叠半大小的房间，早晨天不亮我便窝在这里。

这是童年影响我最深的地方。

铃木敏夫，1948年生，有一个妹妹但不幸夭折，对此没有什么记忆。他在一个勤勤恳恳的制造业家庭长大，领导吉卜力工作室，是一位精明能干的制作人，堪称行业翘楚。他不仅负责策划与宣传工作，《魔法公主》的预告片和《地海战记》的片名设计也出自他手。

不过，对我影响最为深刻的还是母亲。她是工匠的女儿，虽然自称"端庄文静的深闺小姐"，但舅舅的额头上至今留有她用陶制烟灰缸打出的伤痕。小学三年级时，母亲邀我一起散步，走到一家门前停了下来，静静地凝望着门牌，开口说道："这里住着我喜欢的人。当时他说'咱们结婚吧'，但我觉得你父亲更有生活能力，没办法因为喜欢就决定结婚。"我想这是普通人的现实。后来，我在德间书店当总编辑，告诉母亲时，她在电话那边生气地说："升职又怎样？头衔这种东西就是让你卖命的。公司里最重要的，第一是抓住要领，第二还是抓住要领。"

我父母都喜欢电影，说到约会好像就是看电影。不过两人的喜好不同。父亲喜欢国产电影，母亲喜欢外国电影。母亲一跟父亲吵架就带我去看《007》，对我说："男人就得这样才行。"她特别喜欢肖恩·康纳利。而父亲会带我去看《座头市》。每周都看电影的我两种都喜欢。因为有这样的父母，我们成了町内第二户买电视机的人家。那会儿正是力道山的时代，左邻右舍都会来我家看比赛。父亲还买了放映机，经常在家里举行放映会。

> 初高中就读于升学率较高的东海学园。
> 大学考入庆应大学文学部。

母亲是一位"虎妈"。我从小学三年级开始上升学辅导班，跟着家庭教师学习，但成绩册上却总是3、2、1。[①] 六年级暑假前，我们搬家到北区。四十天的暑假，我每天都跟着隔壁的大学生姐姐努力

---

① 日本学校采用五级评分制，最高为5，最低为1。

学习，结果在新学校拿到了包括体育在内全科为 5 的好成绩。如果没有认识那位姐姐，我的命运会不一样吧。

很早以前父亲就对我说："雇员工开公司，都不知道在为谁工作，你以后就当个工薪族吧。"我去上大学的时候他关了家里的商店，去纺织公司当会计了。后来纺织业走向没落，所以他的运气还算不错。我考庆应大学是父亲的期望，他第一份工作的公司社长全家都是庆应毕业。

而我觉得考去哪里都行，完全没有学习。我高三夏天一直在搞电子乐队，结果在十三万人参加的旺文社全国模拟考试中排到第十二万八千名。但我从那时起就喜欢做计划表。十月，我去旧书店找了许久庆应大学的真题，总共找到十五年的，每天学习一小时。令我惊讶的是，考试的题目里面都有。最终我以第二名的成绩考入庆应。

> 1967 年进入大学，
> 全共斗运动正在日本如火如荼地进行。

我立刻加入了自治会。朋友想当委员长，我就让他当委员长，我做宣传部长。我们的竖式招牌做得很棒。很快，因为学校食堂的咖喱饭从四十五日元涨到六十日元，我们开始进行咖喱饭斗争，由此发展为 10 月 8 日的羽田斗争。升入大二后我当上了文学部社会学系的委员长，但我却渐渐感到厌恶。给自治会房间贴壁纸的那天晚上，有人在那里动用私刑，指挥者三十多岁，血气方刚。

这些到了就职季就突然转变态度、去好公司上班的家伙真让人感到火大。所以，比起《朝日新闻》，刊行《朝日艺能》的德间书店更合我的心意。当时那里有许多落魄的社会运动者，仍是一副吊儿郎当的样子。还有，因为我喜欢中日龙队，就去《体育日本》应聘，结果在最后的面试中与社长吵了起来。社长腆着肚子，松开了裤子拉链，我便斥责道："在别人要做出人生重大决定的时刻，您穿成这样太没礼貌了！"然后我就落选了。

> 来到东京后，最初住在校区所在地日吉，是一间月租一万两千日元、四叠半大的出租屋，后又在东京都内辗转搬了八次家。进入德间书店后，住在品川区中延的一间四叠半大的公寓。

大学时我找了一份月薪八万日元左右的兼职赚点外快，但起薪却只有三万日元。这公司也挺有意思的，进公司第三天就让新人收拾办公桌，我还以为要做什么大事呢，结果是前辈之间要"决斗"，不可告人的事可太多了。在被分到《朝日艺能》的一年里，我每周都要写一堆报道。比如跟进三菱重工爆炸事件，还有采访稻川会会长之类的。我不喜欢采访杀人案件受害者家属，但参加葬礼坐在家属旁边时，对方会主动与我交谈。我曾经用脚卡住门说"请您谈几句"，结果对方叫来了警察；也曾被人拿菜刀指着，最后落荒而逃。那个时代就是如此。

我成功学会了一件事：避免情绪化报道，只记录发生的事实。我在这里贯彻了母亲教导的现实主义并加以锤炼，这对我非常重要。

> 二十九岁，受前辈之托参与日本第一本动画杂志《Animage》的创刊工作。

短短两周我便完成了创刊号。杂志制作都是大同小异。我把在周刊杂志学到的东西又原封不动地应用到这里。采访，然后写成文章。为了凑够页数，我做了一篇特辑介绍高畑勋和宫崎骏在东映动画制作的《太阳王子霍尔斯的大冒险》，告诉大家有这样一部优秀作品。之后我们三人便相识了。最初他们两个都在电话里没完没了地说不能接受采访的理由，给我留下深刻的印象。当时高畑正在创作《小麻烦千惠》的剧本，原以为勉强能在咖啡厅聊一聊，结果明明是我要采访他，他却和我讨论了三个小时故事内容。不知不觉间，我开始每天都去见他。

当时宫崎正在着手制作《鲁邦三世：卡里奥斯特罗城》，我过去采访，他也不理不睬。没办法，我只好拿把椅子坐在他的办公桌旁。宫崎的体力非常好，每天都从早晨九点工作到凌晨四点，不说一句废话。吃饭的时候用筷子把铝制便当盒里的饭菜分成两份，一份是午餐，另一份是晚餐，五分钟吃完。我陪着他一起吃饭。我原本对动画没有半分兴趣与执着，但自从认识宫崎和高畑，我的生活就完全改变了。我过去也遇见过形形色色的创作者，除了吉行淳之介以外，其他人都像是公司职员，不同于我心中的创作者形象。我见到他们两人后就在想，创作者什么时候变成这样了？无论如何都要工作。那时的印象至今未改变。

> 二十六岁，与大学同学结婚，此时育有一儿一女，在惠比寿购入一套六十八平方米的公寓。

我们那个时代认为"编辑只能租房",但租房只能住一半大的房子,没办法只好买下来。做杂志的那段时间我总会请大伙来家里坐坐。为此我打通两间十叠大的房间,进行三次改装,使房间可以容纳六十人。如今我们仍然住在这里,可能会被人嘲笑是"破烂房子",但我记得一句帅气的谚语,"醒着半叠,睡着一叠"[①]。

妻子想住更大的房子,一直在抱怨。我结婚的时候,社会上的氛围是"顾家的男人没出息",所以结婚第一天我就夜不归宿。进入德间书店后我们每晚玩掷骰子。当时发工资是给现金,很多人把工资输得精光。我想再学不会的话就完蛋了,于是买了一百颗骰子,一颗抛一百次,统计后选出三颗能掷出自己心仪数字的骰子。真是拼了命。不过多亏了它,《风之谷》才能确定做成动画。

进入八十年代,德间康快社长提出将出版和视频两种媒体有机结合起来,让我们拿出策划,什么都行。有人说必须要有原著,于是宫先生说"那就创作一部原著吧",这就是后来开始连载的《风之谷》。可即便如此还是不能拍成电影,这时我想到一个办法,那就是拉宣传部长入伙。宣传部长喜欢赌博,所以我打算和另一位同事各自输给他五万,这样他就会感到愧疚,愿意帮我们办事。我们从晚上十点玩到早上六点,每人都成功输了五万,宣传部长便马不停蹄地去了博报社,敲定电影一事。这就是所谓的"艺不压身"。

> 宫崎担任导演时,希望高畑来当制作人。铃木说服了把"我不适合当制作人"的理由写满整个笔记本的高畑,

[①] 日本谚语,意思是一个人占用的空间有限,醒着的时候半张榻榻米、睡觉的时候一张榻榻米就够了。告诫人们不要奢求富贵,知足者常乐。

> 跟在他身边观察、学习制作人的工作。《风之谷》上映的第二年（1985年），吉卜力工作室成立。

宫先生说不想再拍第二部了，因为导演必须要对身为朋友的员工说些讨人嫌的话，最后失去朋友，代价太大了。我也觉得这种事做一次就行，但我先铺垫好一件事：著作权问题。电影成功后要还利于导演。如果日本能保留这个制度，今后也有参考价值。于是宫先生收到一笔惊人的巨款。这人是个老实人，问我："用这笔钱盖房子会败坏名声，买车又会被人骂傻瓜，怎么办？"我答道："高畑想做一部纪录片。"由宫先生出资的新文化电影《柳川堀割物语》便完成了。

> 1989年起，不再从事编辑工作，到吉卜力任专职，成为名副其实的制作人。

我每天都与宫先生聊天。《风之谷》虽然是娱乐作品，但宫先生设想的最后一幕几乎没有精神宣泄，我和高畑便提了意见。直到现在他仍旧对这件事绝口不提，大概还在怨我吧。《魔法公主》那时也是，宫先生说的片名很无趣，所以我擅自在预告片里加上了"魔法公主"四个字。宫先生惊呆了，再也不提此事。制作《千与千寻》时，宫先生找我讨论故事情节，最后敲定了无脸男的方案。可我却提心吊胆，总是想这样可以吗？

我从第一次交谈起就感觉与他很投缘，所以我相信大部分事情都会船到桥头自然直。总有种赌一赌、不行就算了的心理。

我们已经认识三十二年了，我与宫先生相处的时间比与家人还长。我希望能把孩子培养成拥有健康身体和工作热情的人。但女儿并不满意我从事大众娱乐工作，每当弟弟一脸天真地为此感到高兴时，就会被她教训一番。女儿会与宫先生保持一定距离，儿子则认为宫先生是陪他一起玩耍的伯伯。当他知道《天空之城》是宫先生拍的，还受到了精神冲击。

> 将报酬低廉的动画师转为正式员工，保障其安稳生活。《魔法公主》大获成功后，给一百名相关人员每人发放一百万日元。现在吉卜力工作室还设有私立幼儿园。铃木等人在做的不只是作品而已。

两年前，我们建了幼儿园。许多女性为宫崎动画奉献了一生，回过神来发现自己还是独自一人，下一代人却已经结婚生子了。

必须有一个可以安心工作的场所。虽然又是一笔开销，但能做的时候就去做吧。

两年前我们已将吉卜力美术馆的一百多名工作人员全部转为正式员工。我和宫先生商量后意见一致。当然也遭到了一些人的反对，但我们还是强行推进了。"钱就是一张纸"，这是德间康快先生教给我的哲学。社会上都在削减成本、裁减雇员，但我希望做一些与社会潮流相反的事。（铃木敏夫口述，岛崎今日子采访、整理）

《新·家族履历》，《周刊文春》，2010年6月3日

被动和消极的人生
小学时看《大菩萨岭》

童年看过的电影有时会给人生带来重大影响。

大概是小学三年级的时候,父亲带我去电影院看《大菩萨岭》(内田吐梦导演,1957年)。我原以为是搞笑武打片,却被吓到了。

电影从一开始就很恐怖。在大菩萨岭中,机龙之助突然斩杀了一位无辜的老行脚僧来试刀。

还有龙之助的必杀技"无声之剑"——他举起剑,在对手进攻前一动不动,对手挥刀砍来的同时,剑光一闪,一招制敌。他与死敌宇津木文之丞在祭神庆典上的对决,我至今仍记忆犹新。

我当时还是个孩子,但也觉得这部电影非同寻常。故事自始至终是龙之助饱含苦闷的地狱巡礼,我却莫名地被吸引。

大学时我读了中里介山的原著。我在神田的旧书店里找到昭和初年出版的《大菩萨岭》后,如饥似渴地一口气读完了十七卷。

龙之助的人生态度令我印象深刻。没有目的地活着,顺势而为地继续无尽的旅途。这与他被动防守的剑法有相通之处。

后来我读了堀田善卫的解说才理解,以被动消极为基调的剑法正如人民大众饱受专制之苦的样子,这是它受到民众喜爱的部分原因。

堀田还告诉我们，龙之助是世界上少有的、卓越的日本英雄形象。

不抱目的，踏踏实实做好眼前事。我认为这就是普通人的生活智慧，所以我活得被动而消极，这种想法与人生态度就来自《大菩萨岭》。我体内至今仍流淌着龙之助的血。

《读书：我的珍藏》，共同通信社发文，2007年

现在恐怕会持批判态度
十五岁时遇到《宫本武藏》

吉川英治的《宫本武藏》我已经读过五六遍了。第一次读是1963年，我上初三的时候。

我们团块世代与现在的孩子不同，大家都想快点长大。书籍正是我们窥探大人世界的绝好素材。

《宫本武藏》是当时孩子们的必读书目。我读完后的第一感受是惊讶。小说中武藏秉持三个信念："人本无一物""只相信自己""不后悔自己的所作所为"。

还是中学生的我将其理解为"人可以做任何事"，知道了还有一种不受社会道德束缚的、自律的生活方式。

自那以后，我便开始好奇一切有着"武藏"之名的事物。观看加藤泰的电影（比起内田吐梦版本，我更喜欢这一版），找来白土三平的漫画和桑原武夫的"武藏论"阅读等。

大学时我又迷上《巨人之星》和《明日之丈》，还有《昭和残侠传》。星飞雄马、矢吹丈和花田秀次郎都是沉默寡言、彬彬有礼、严于律己的好男人。团块世代的学生崇拜的都是宫本武藏那类人。

后来我长大成人，再一次重读《宫本武藏》时忽然想到，武藏的三个信念与"劝善惩恶"等旧道德截然不同,正是它们支撑起了一味追求利益的战后经济高度成长。

如果现在让我将《宫本武藏》拍成电影,恐怕会对其持批判态度吧。

《曾经喜欢》,《朝日新闻》,2007年7月29日

写给少年的歌
中学时听《昂首向前走》

阿九——坂本九的歌词基本不谈爱情和恋爱，而是谈青春期常有的少年心事与烦恼，就算提到恋爱也是单相思。阿九在《绝佳时机》这首歌中告诉我们，哪怕是作弊，最重要的也是时机；《阿九的嗒嗒嗒》则教我们怎么谈恋爱，歌词大意是："我"喜欢一个十七岁的姑娘，她住在山冈上的白房子里。得知她每天都会在同一时间牵狗散步后，"我"立刻也养了一只狗。后来我们遇见彼此会点头致意，有一天"我"下定决心表明心迹，这才知道其实她也喜欢"我"。这首歌仿佛是一部温暖人心的电影。

当时我还是中学生，刚巧家里也养着一只名叫佩尔的狗。我马上按照歌词内容进行尝试，却不像歌里写的那样顺利。不过，阿九也给这种时刻准备了另一首歌：昂首向前走，不让眼泪落下……

那时我非常迷恋阿九，甚至会模仿他独特的音调与口音。本就不多的零用钱都被我拿去买阿九的唱片，我一遍又一遍地聆听、练习，听到唱片都磨损了。现在见到中学时的朋友，我还是会聊一聊阿九："那时候经常唱他的歌呢。"如今我的声音越来越低沉，总是唱不好他的歌，但有时也会开着车，一个人大声歌唱。

为什么我成了阿九的歌迷？现在我明白了。用一句话来说就是，他的歌激励了我们这些在经济快速发展期成长起来的少年。回首过去，在管控型社会的高压下，独立自主的道路被封锁，孩子们被过度保护起来，开始出现心理问题。当时正是这种时代的开始。

所以到东京奥运会时期，当阿九换了发型，唱起"国民歌谣"时，我的心里空落落的，我们这一代人都希望阿九把写给少年的歌永远唱下去。如今说这些也无济于事，我对阿九的喜爱也不会因此动摇。这些歌对我来说仍非常珍贵。

在那个战后的混乱平息、美国文化通过电视显像管怒涛般汹涌而至的年代，有段时间我也只听美国的热门歌曲。日本成年歌手唱的虚伪情歌与我们无关，日本年轻歌手翻唱的美国热门歌曲也喜欢不起来。这时，阿九唱了《昂首向前走》。当我们得知这是日本人的原创歌曲后有些自豪。1963年，这首歌漂洋过海夺得美国公告牌榜单冠军，我们都欣喜若狂。

CD《坂本九纪念精选集》封面说明，2004年

学习逻辑思维
大学时读《历史是什么？》

原来书也可以这样读。我十八岁来到东京，在人生地不熟的时候偶然看到这本书，由此知道了西方人的思维方式，受到了文化冲击。世界上有两种思维方式：情感与逻辑。我反复阅读这本书，并掌握了逻辑思维。

我根据不同情况灵活运用日本和西欧的思维。有时按照加藤周一先生指出的日式思维特点"现在＝此地"来思考和行动，有时则按照爱德华·霍列特·卡尔的著名理论"现在与过去的对话"思考和行动。

对了，我毕业论文的主题就是"历史是什么"。

《图书》，2008 年 11 月

沉醉于华丽又挑衅的文辞
大学时启发我的寺山修司

1967年，在读大学的我在神奈川的日吉租了个房间。那附近有家小书店，我常常顺路去找点书看。在那里我偶然买到了寺山修司的评论集《时代的射手》。

当时我还不认识寺山修司，因为喜欢这本书的书名及装帧才买了下来。如此幸福的偶遇，就不会在目前流行的网络书店里上演。

寺山那华丽又挑衅的文辞让人感觉很新鲜。每次读他的书，我都会在旁边放一个笔记本，用来摘抄喜欢的句子。

他是引用的天才。"唯有再见方为人生。""人类最后患上的病是希望。"这个时代所有的诗句都被写尽了，对于诗人来说，引用就是一种必不可少的方法。

遇到引用的句子我会立刻查明出处。马克思、斯宾格勒、兰波、托马斯·曼，通过寺山我才读到了他们的作品。

今年寺山创建了"天井栈敷"剧团，相继推出具有话题性的作品。除了诗歌与评论以外，我还一直关注着他的戏剧、电影、电视纪录片等丰富多彩的活动。

1969年前后，学生运动达到顶峰，寺山成为时代的宠儿。但我没有感觉到他的作品中有什么与学生运动的联系。

当时"人类幸福""社会改革"这些口号看似气势恢宏却都流于形式，让我感到很不协调。而寺山则自始至终都立足于个人。我想他是可以相信的。

大学毕业后我仍处在寺山的影响下，但十年后我脱离了他的影响。他的文辞没有逻辑性，我花了十年才意识到这一点。之后我遇见了加藤周一的文章，他取代寺山成为我的老师。

《曾经喜欢》，《朝日新闻》，2005年8月5日

青春就此结束
二十二岁遇吉田拓郎《到今天为止，从明天开始》

我们这代人初中时都会买把吉他，上了高中就换成电吉他，开始模仿乐团。当时我们只听西洋音乐。

不管是演歌还是流行歌曲，日本歌曲都会给人一种戏剧的感觉。它们歌唱的是一个与我们无关的世界。就在这时，吉田拓郎出现了。

拓郎的歌里写满了我的心情。他率先将青春唱成歌，当时的年轻人都觉得歌词唱出了自己的心声，不久他便成为英雄。

我喜欢他的每一首歌，其中《到今天为止，从明天开始》尤其打动我。我在大四时看过一部名叫《旅途的重量》的电影，主题曲就是这首歌。

厌倦了家庭和学校生活的十六岁少女，踏上了寻找自我的旅程。女主角高桥洋子清丽动人。整部电影都在播放这首歌，歌声久久萦绕耳边。

"我努力活到了今天，有时借助他人力量，有时抱住某人不放。"

歌词富有新意。我一直认为人无法独自生活，这句歌词引起了我的共鸣。我喜欢朋友们聚在一起完成一件事，我想这就是青春。

现在我做了电影制作人，也是因为这份工作要求众人合力完成一部作品。有时回过神，发现自己正在哼唱这首歌。

拓郎唱的是真正的青春。他的歌红了，我却觉得青春就此结束了。回顾过去有些感慨，"青春"的概念在近代出现，而我们见证了它作为商品取得成功的最后一个时代。

《曾经喜欢》，《朝日新闻》，2005年8月26日

文学和电影都为了弱者存在
二十五岁前看川岛雄三导演的《花影》

我很喜欢川岛雄三导演。每当我这么说时，其他人的回答基本是"您喜欢《幕末太阳传》对吧"。但对我来说，川岛雄三的代表作是暗黑文艺作品《女人二度出生》（富田常雄原著）和《花影》（大冈升平原著）才对。

《花影》从池内淳子饰演的女招待叶子决心自杀开始，通过倒叙详细描写她为什么不得不自杀，最后再回到开头，以她吞下安眠药结束。

叶子与学者（池部良）、律师（有岛一郎）、媒体人（高岛忠夫）、企业家（三桥达也）相继发生关系，一次次遭到抛弃。而她敬爱如父的古董鉴赏家（佐野周二）看着她被这些人渣玩弄却一直袖手旁观，是最差劲的男人。

我在电视上第一次看到这部电影时还没什么恋爱经验，却自以为是地觉得"男女本就如此"。人就是会被无可救药的人吸引。影片里都是这种无可救药的弱者，被时代抛弃的人。我与他们同病相怜。

我们这代人受战争影响，小时候都很贫穷，但在高速经济增长等说法的鼓动下，人们渐渐变了。日本人的积极姿态让我觉得很不对劲。当我看到跟不上时代潮流、像叶子一样的弱者面临的生之悲苦时，就会被其吸引。

过去文学为了弱者存在，强者不需要文学。电影亦是如此，如今其本质仍未改变。我是抱着这种想法做电影的。

《曾经喜欢》，《朝日新闻》，2005年8月12日

青春期不会结束
柯尼斯伯格的《天才双子星》

详细解说请大家去看译者松永富美子与临床心理学家河合隼雄的文章，它能帮助各位理解这部作品。我要写的是我对本书重要主题"青春期"的思考与感悟。

1970年，《天才双子星》在美国出版，书名为"George"。这本书通过主人公少年本杰明与内心"另一个自己"乔治之间的对话，正面描写了每个人都要经历的青春期。这部作品瞬间俘获了美国少男少女的心，甚至出现了狂热书迷。根据松永在译后记中的介绍，当时作者收到许多读者来信，直言主人公本杰明（乔治）就是自己。大概因为书中有致幻剂等不适合儿童的过激内容，它直到八年后的1978年才得以在日本发售。被奇怪书名吸引的我在发售后不久便买到这本书，一下子就迷上了它。那是大约三十年前、我二十九岁时的事。

为什么我会沉迷于这本书呢？因为乔治的存在对我来说非常真实。已经步入社会、在出版社工作的我，内心也住着没有名字的"另一个自己"，此后我以这本书为契机，继续思考青春期的问题。

青春期是什么？

我自己的答案是：价值观尚未成形的时期。

孩子最早接触到的价值观来自父母，待在这个范围内就不会出现问题。

然而，一旦动了与父母价值观不同的念头，那个瞬间就会成为痛苦的开端。等到痛苦结束，就代表自己成为大人了。

现在的情况更加复杂，因为那种痛苦不会轻易结束。所以"寻找自我"备受推崇。这是当代富裕生活的另一面。我们不再只为满足衣食住行的需求生活，拥有多余的思考时间。然而，思考也是一个面对自我、遇见孤独的过程。

这样的时代为何会到来？

世界上最早实行征兵制的是拿破仑，之后世界发生了巨变。此前打仗是雇佣兵，即职业军人的工作。征兵制实行后全民皆兵，每个人都必须为国家而战。义务与责任诞生于此。

我想，"自我"这种东西大概也产生于同一时期。与不用思考太多的君权神授时代不同，生活在近代以后民族国家的人们自我觉醒，不得不与自己对话。

青春期是什么？

我认为义务教育的发展也与自我意识有关。从前，人们自懂事起就会被当成小大人。因为自我概念的出现，从出生到成人的过程中多了"儿童"这一阶段。在长大成人、步入社会之前，最好有个准备期，于是安排了义务教育。这项制度备受重视，可以规范和推广标准语、奠定近代产业基础、提高国家生产力，瞬间得以普及。

此外还设立了让本杰明那样有能力的孩子可以跳级学习，或者收留霍华德那种"后进生"的学校。

许多孩子在此期间通过与自我相遇而经历的，就是"青春期"。

青春期是什么？

与年轻人共事后，我总觉得本应是社会人的他们还像中学生一样幼稚，就像进入社会后才迎来青春期一样。

是成熟较晚吗？本该在十几岁经历的青春期，成年后才姗姗来迟。有段时间，我的很大一部分工作就是与他们的青春期打交道，或者说，这项工作至今仍在继续。

有一次我意识到：他们的青春期不会结束。他们是心怀青春期的想法，以大人的身份生活。

为什么会这样？我试着问自己。得出的答案让我大吃一惊。

我不也是这样吗！

在步入社会后还一直保持着学生时代就有的moratorium①意识（我在毕业论文中还谈到了"另一个自己"），也就是精神上的摇摆期。我与实际工作时的自己有很大差距。如今即将步入花甲之年，我依然将它藏在心里，不曾丢弃。所以这本书里漫天繁星般的话语才会触动我的心弦。

在1978年初版的译后记中，松永富美子这样写道："自己的内心一片混乱。能够下定决心，哪怕经历痛苦也要重视、忍耐、战胜这种混乱的人，就可以理解自己与众不同的价值。"

原来是这样啊。我们以为已经结束却又反复上演的，就是现代

---

① 指虽已成人但暂缓履行社会义务和责任的时期，或滞留于这种心理的状态。多见于青春期。

的青春期。它并不是年轻人特有的。我原以为这与我毫无关系,但《天才双子星》这本书不仅能让十几岁的少男少女理解青春,也能鼓舞成年人。

青春期是什么?

要将角野荣子的儿童文学《魔女宅急便》拍成电影时,我和导演宫先生都非常苦恼,该怎么展现这部电影的内核呢?我们在吉祥寺的咖啡厅里讨论了几个小时,我突然想到《天才双子星》,说道:"这不就是青春期吗?"他笑嘻嘻地回答:"是啊。"这就是那部电影的起点。

之后宫先生开始思考青春期。首先,他给处在小孩与大人之间的主人公琪琪的头上系了一个大蝴蝶结。"这饰品太大了吧?"我指出这点后他说道:"这象征着进入青春期的她在保护自己。"听到这话我很惊讶。

他精心设计了吉吉这一角色。吉吉是琪琪饲养的猫,会说话,是最理解琪琪的存在。它就是琪琪的"另一个自己"。我把《天才双子星》推荐给了宫先生。

《天才双子星》中有些设定可能会让读者感到过激,但我们不能忘记,现代的孩子们表面看起来无所谓,内心却被迫进行着激烈的斗争。我们要像这本书一样,不断用作品为孩子们鼓劲。

青春期是什么?

最后,我必须坦白一件事。很长一段时间里,我都理解错了这本书的结局。我以为故事最后乔治的归来导致了他与本杰明的诀别,所以一直担心没能告别青春期的自己是否可以写好这篇解说。然而,我在重读一遍后有了新发现。

本杰明是包容着住在内心的乔治长大成人的啊！

我一直掩饰自己仍处在青春期的事实，然而根本没有必要。明白了这一点的我，即便在混乱中也能泰然自若。

如今这个时代，我们必须要与孤独保持平衡。正因如此，希望大家不要抛弃乔治，与他和平共处——就像本杰明所做的那样。

文中有这样一段话："这是无知的恩典。极致的真理也会突然从无知的部分出现，必须为无知留出充足的时间和余地。"

《天才双子星》解说，岩波少年文库，2008 年

年轻真的美好吗？
读三浦雅士的《青春已矣》

年轻真的是件美好的事吗？我从年轻时就有这个疑问。因为我有段时期一直很苦恼：等我上了年纪会怎样？

不知不觉间我完全忘了这件事。回过神来发现，自己已经是个即将步入花甲之年的老头子了。有一天，我遇见了三浦雅士的《青春已矣》，这本书让我感触颇深。关于青春我思考了许多，再加上被题目吸引，我就买了下来。这已经是几年前的事了。

记忆有些褪色，但我仍记得书的开头：

"青春"一词原本是明治以后被创造出来的，过去并没有青年、年轻人这些词语，它们都是外来词。可以说，年轻很美好是当时的潮流，在那以前并没有这种观念。不只是夏目漱石的书，那时流行小说的主人公全是青年。

我豁然开朗，十分愉快。

为何要创造这种词语呢？三浦雅士大胆推断：青春的发明者是两位伟人，马克思和陀思妥耶夫斯基。众所周知，马克思因革命闻名于世，陀思妥耶夫斯基则描写出了年轻人特有的苦恼，令全世界的年轻人欣喜若狂。两人的思想合为一体，产生了"年轻人改变世界"的思想。在这一思想的影响下，世界历史被大幅改写，还影响了明治以后的日本。

我年近花甲，本应做个与年龄相符的老头儿，却永远脱离不了年轻的心绪。年轻的快活与烦闷在我的内心共存。读完这本书后，感觉可以稍稍理解这样的自己了。得知自己的人生被马克思和陀思妥耶夫斯基这两位我都没有认真读过的伟大人物玩弄于股掌之间，我愕然不已。

年轻真的是件美好的事吗？我年轻时的疑问，其实相当接近本质。我在十八岁的时候产生了这个疑问，五十八岁左右才得到答案。真可怕，竟然有四十年了。这本书让我切实地感受到，人只能活在时代的洗礼中。

《吉卜力工作室图书目录》，2010 年

变与不变的事物

下面依次写下我的想法。

我答应写一篇题为《书的未来》的文章，却无从下笔。这下糟了。我找形形色色的人聊天，但思绪凌乱，还会不自觉地聊起别的话题。怎么回事啊。

不过，讨论的过程中也有收获。我意识到自己明显缺少题目背后忽隐忽现的问题意识：出版界今后将何去何从？不，这个问题意识原本是为了谁而存在呢？答案存不存在呢？

出版行业现状等专业问题肯定会有人谈，我想把问题带到身边，不加整理地、坦率地记录自己对于书的感受。

我经常读书。睡前哪怕只有五分钟也要看一看，还常常彻夜读书。读哪本视当天心情而定，很少几本书同时看。我购书主要在书店，最近常在亚马逊等网络书店购买。喜欢逛书店已经是过去的事了，现在店内摆放的书多到让我有压力。

有些书明明很想要，买到手却从不翻阅，比如新潮社的《新潮日本古典集成》。我对比了岩波书店和小学馆的古典全集，对不擅长古文的我来说，上色标出的现代语译文更容易阅读。之所以不看，是想留作晚年的乐趣。前几天偶然翻了几页就要停不下来，于是急忙合上书页。

从年轻时起，我读书的目的就没有变过。说得夸张一点儿，它成了我的血肉，是我活下去的力量。学生时期，我沉迷于寺山修司的作品，被众多富有魅力的引用吸引。如果不是寺山，我就不会遇见爱德华·霍列特·卡尔的《历史是什么？》、德·格拉齐亚的《疏远与团结》、斯宾格勒的《西方的没落》等日后反复重温的作品。

我一遍又一遍地重读喜欢的书，将其化作身体的一部分，带着它前进。有人说网络是大脑和记忆的外部装置，我不太明白，这种外部装置真的能成为一种生存能力吗？

与书有关的事情中，给我冲击最大的是与宫崎骏和高畑勋的相遇。他们的阅读量是我的几倍，知识量也令我敬佩。我不服输地找来他们读过的书逐一阅读。追上他们花了很多时间，但过程中又遇见了堀田善卫和加藤周一的作品，积累了宝贵的经验。我现在的所想所言，大部分都受到堀田先生和加藤先生的影响。

每当我想了解一些事，最先做的就是在我的书架前徘徊。所幸我周围书籍众多，几乎所有事情都能在书中找到答案。我会选出一本书，从头到尾读一遍。有时即便内容上没有直接关系，花时间看完也会有所收获。反过来说，读书也是件麻烦事。不下功夫就学不到东西，不光获取知识是这样，世事皆然。

我用过几次所有人都能任意编辑的网络辞典维基百科，没办法很好地理解。写这篇文章的时候想查一下亚历山大图书馆，它也没有帮上忙，结果我又读了一遍山崎正和的《大分裂时代》。前段时间我决定去西班牙的普拉多美术馆，用它查资料时也是同样的情况。去普拉多一定要看委拉斯开兹的画，我想事先做做功课，但再怎么查也没有收获。最后我在许多年前录好的NHK《周日美术馆》节目中发现了委拉斯开兹，看完后明白很多。

没错，我对"求知"感兴趣，但不会执着于"调查"。

拿到苹果公司的信息终端iPad时，我最先想到的是寺山说过的一句话："书的封面要是铁做的就好了。"虽然有些夸张，但这也说明他知道"珍惜"对于读书有多重要。最近我也在想，把所有书都做成精装本怎么样？

不要误会，我不是对新书或者最新的信息终端漠不关心，新事物也会带来全新的体验。前不久我得知能够阅览公版书的电子图书馆"青空文库"里有山中贞雄的著作时非常兴奋。我太惊讶了，山中贞雄竟留有著作，而且还能读到！片山广子的著作也是如此。出版社停止活字印刷后放弃的事，又因此成为可能。

有人担心人们在网上轻松（有时免费）阅读出版物时不支付合理的费用。著作权确实是一项伟大的发明，吉卜力工作室也承蒙恩惠。然而，目前的使用方式还有很大疑问。依靠著作权可以进行二次、三次销售，市场扩大了，但我们身边好几次差点发生本末倒置的事。

从何时起，电影界开始为了DVD或电视放映而创作？人们会为了一部考虑用二次、三次收入降低风险的作品去电影院吗？在2010年《借物少女艾莉缇》上映之际，我再次思考了这个问题，努力做出只凭院线票房就能收支平衡的作品。

如今出版界充斥着不安，大家担心技术进步会导致以前的经营方式无法维持，内心又总觉得读者还是愿意看纸质书，仍抱有期待。

有人说，电子书对出版社而言就是"黑船到来"[1]，但"随时、随地、任何人"都能得到被复制的信息，这一路径早在古登堡发明活字印刷术时就出现了。当时谁能知道这项技术究竟是不是必需的呢？

电子化导致一些人的生意无法继续，这不仅发生在出版业。音乐行业早一步经受了考验，电影行业亦不能置身事外。但是，"读者要如何面对书籍"这个问题不会发生本质上的变化。

我们不能忘记，大众消费已到极限。"市场与行业将如何发展"和"人们要如何与书相处"原本是两个不同的问题，现在却被混为一谈，这样不好。至少对我来说，无论出版行业如何变化，我与书的相处方式都不会改变。

不久前出现了以漫画为主的书籍畅销期，杂志销量持续走高，图书销量实现飞跃。此前文艺杂志也供不应求。许多出版界相关人士觉得书籍畅销是常态，实际上这却是种泡沫经济。我的看法是，人们想读的书本来就是有限的，可出版量却在持续增加——多年来出版行业都处于这种异常状态当中。

2010年夏天，我们在东京举办《宫崎骏岩波少年文库五十选》的展览，有一万多人参加。这么说有些自吹自擂，但由此可以看到人们确实有"想读更好的书"的愿望，这个愿望也不会轻易消失。若不是这样，我们早就放弃做电影了。

思考着书籍的未来，一句话一直浮现在我脑海里，那就是松尾

---

[1] 黑船，泛指幕府时代末期欧美各国驶到日本的舰船，因船体涂成黑色而得名。也用来比喻给日本国内带来巨大冲击的海外政策、新产品等。

芭蕉的"不易流行"[1]。"不易"是普遍的,结合与之相对的"流行",我不禁感到其中隐含着事物的本质。

谈完"书的未来",我想再冷静地说一句:"回到合理规模。"我衷心希望岩波书店不要做这样的书,超然地屹立于业界。

最后,如果我是生于这个时代的学生,我想进入出版社工作,因为感觉现在什么都能做到。即便是进入一个正处于鼎盛期的行业,恐怕也会感到无趣吧。

《书的未来》,岩波新书,2010 年

---

[1] 松尾芭蕉俳谐理念之一。"不易"指永远不变的事物,"流行"指随着时代变化的事物。其认为俳谐的特质是新意,追求新意而不断变化的"流行"才是"不易"的本质,"不易"与"流行"是对立统一关系。

落合教练为何如此冷淡？

评价人的标准只有一个，就是他做了什么。教练就是要带领队伍走向胜利，落合在这点上十分出色。他在名古屋的风评很差，因为他态度冷淡，无论输赢都是一副冷漠的样子。

联赛冠军的纪念游行结束后，我获得了与落合教练短暂交流的机会。我率先开口，讲了一件从秋田本地人那里听来的事。

"10月10日的获胜队伍教练采访中，您发言时中途说起了秋田方言。就是记者会落泪那次，您自己注意到了吗？"

落合教练僵硬的表情突然消失，露出很少在电视上看到的腼腆笑容，眼睛笑得都要看不见了。看到他的笑容我也很开心。这人真实在啊。

我问道，您为什么那么冷淡呢？他的表情瞬间僵硬，盯着我的眼睛，缓慢又认真地回答："选手会因为我的一句话状态变差。"这一句话就足够了。

后来教练主动和我说话。他说自己很喜欢电影，高中的时候看了三百部。

我转变话题："与过去相比，现在的歌长了，电影也长了，连棒球比赛的时间都长得过分，您怎么看呢？"

"我喜欢复杂的长电影，最喜欢让我边看边猜剧情发展的作品。"他坦率说出自己的想法，不顾虑对方，从中可以管窥东北人特有的顽固、木讷、笨拙与耐性。

临别之际，我答应送他美国电视剧《绝望主妇》的DVD。这部剧情节复杂，不易猜透，感觉他会喜欢。

不久我收到一封感谢信。信是打印的，只有收件人、日期和签名是手写。字迹说不上文雅，与他的个性一模一样。我更欣赏落合教练了。

《专栏时间》，《中日体育》，2006年11月29日

母亲与父亲

———

百折不挠的母亲是"名古屋之女"

与父亲告别,向出席嘉宾与相关人士致谢

百折不挠的母亲是"名古屋之女"

下面我要写写母亲的事。今年四月她就八十四岁了。虽然是母亲，但却很难应付。

我在出版社工作时有这样一件事。当时我已经做了十年编辑，公司说要给我一个头衔，我告诉母亲后，她立刻皱起眉头。

"你可不要上当。公司这种地方就会给人戴高帽，想让人更加卖命工作。听好了，你要是当真了，身体累垮了可怎么办。公司里最重要的事，你懂得吧？是抓住要领，要领！随便做一下就行了。"

这番话决定了我后来的人生。人生有喜有悲，但我不甘心乖乖忍受。从那时起我的性格就变得很"乖僻"。

高中时，我听母亲讲战争年代的事。

昭和天皇驾临母亲就读的女子学校，校长事先训话，不管发生什么都绝对不能抬起头看。如果抬头，眼睛就会瞎掉。我知道这是天皇发表《人间宣言》以前的事。

"然后呢？"我问道。母亲露齿一笑："肯定看啦！向上翻着眼睛。"我清楚地记得母亲说这些时的表情，一切恍若昨日。她一脸开心的样子。

在母亲的养育下，我茁壮成长。比起天真淳朴，她教给我更多的是百折不挠的厚颜无耻。最近我想，母亲大概就是典型的"名古屋之女"。

后来，我又遇见了一位性情极度"乖僻"的大叔，与他一起走过三十年的岁月。他就是宫崎骏。

《专栏时间》，《中日体育》，2007年3月14日

与父亲告别，向出席嘉宾与相关人士致谢

我从父亲那里继承了两样东西。

一个是中日龙。

年幼时，每当中日龙队要败给巨人队时，父亲就会把半导体收音机摔到墙上。收音机坏了，听不到声音了。第二天早上还得去买一台新的。

我在一旁看着这样的父亲，不明白他为什么要做那样的蠢事。但长大后的我非常理解。如今，中日龙队已经成为我身体的一部分。

父亲去世前三小时，因呼吸困难而痛苦不堪，我告诉他："中日龙今天也赢了。今年肯定会夺冠。"他痛苦的脸上忽然浮现出笑容。

这是他带去冥府的礼物。

另一样东西是严谨。

我为了应该将父亲去世的消息通知谁而苦恼不已，这时我发现了父亲留下的黑色笔记本。他将自己去世后要通知谁、相关政府部门的联系方式、继承问题等等都详细地写在笔记本上。我把笔记本拿给别人看，对方说："这不是和你一模一样嘛！"我以前都没有意识到，自己这种性格是继承自父亲。

今天谢谢大家。

由衷感谢各位的到来。

2006 年 8 月

*　　*　　*

父亲去世一个月后,我回到空无一人的名古屋老家。

我本打算慢慢整理行李,但有人来帮我干活,看着他打扫的样子,我改变了想法。

那人不停扔掉父亲的东西,一点儿也不犹豫。

中途我想说些什么,但还是放弃了。

我劝自己说:这样也好。无关紧要的东西就赶快处理掉吧。这是决心的问题。

后来我才知道,因为我那时非常忙碌,不能总来名古屋,所以他尽可能在一定时间内整理完毕。这是他的体贴。

整理行李时我产生了一个想法:这间房子是父亲的遗产,那么就应该留下它。将房子改建后再租出去,也算是对父亲的供养。

第二天,便利屋的人上门,把家里所有的东西都搬走了。

后来我才知道,处置这些一般需要一年左右的时间。分赠遗物也在一年后进行。

可我觉得,幸好当初那样做了。

谢谢大家参加亡父铃木正孝的葬礼。

我对此表示由衷的感谢。

10月1日，四十九日法事顺利结束。

父亲的法名定为净照院释孝尊居士。

遗属讨论后决定，拿出一部分帛金捐赠给无国界医生团体。

2006年秋

*　　*　　*

如何处理一栋失去主人的房子呢？姑且需要整理物品。如何处理由此产生的大量垃圾呢？有人告诉我有个行当叫便利屋，可以委托他们处理。我立刻联系他们，然后来了两位大叔，眨眼间便收拾好垃圾离开了，真是本领非凡。然而，名古屋便利屋的本领还不止于此。

我佩服他们的工作状态，这时对方问我：这间房子怎么办呢？出租还是不出租？这关系到房屋的改建方式。我询问费用，发现比东京便宜很多，于是又请他们帮我介绍房屋中介。虽然什么都没有定下来，心情也未整理好，但我决定全盘托付给这两位大叔，因为与他们聊完后，我意识到自己打起了精神。

两个多月后，名古屋的老家焕然一新，静候新的住户。

眼下正值为亡父铃木正孝服丧期间，谢绝岁末年初的问候。

2006年12月

代后记

责编坂本纯子希望我在后记中谈谈吉卜力工作室的现状。我给她看了投稿到《文艺春秋》、刊于2011年8月号的《月间日记》，请她从中挑选几篇。结果对方说可以使用原文，虽然有点长，还是收录于此。

● 5月19日星期四

今天，《来自红花坂》的后期配音全部结束了。最后是内藤刚志，电影以内藤的声音结束。给我留下深刻印象的是长泽雅美。最初听到她的声音时，我和导演宫崎吾朗不禁发愁，觉得与角色形象不符。主人公海的人物设定是一名掌管出租屋的高二女生，必须管理比自己年长的房客，长泽的声音太甜美，没有人会听话。"不要那么讨好，试试看！""低沉一些。""好，再试一次。"然后，她露出了隐藏的本性。很好，我与吾朗对视一眼，录音顺利进行。吾朗说，不讨好显得更有魅力。"我才明白海是一个怎样的女生。"吾朗脸色泛红。他不停地说："再'冷'一点儿！"起用长泽获得了成功。

● 5月20日星期五

岩波书店的井上一夫和坂本纯子到访公司。我的书将于今夏出版，今天主要讨论书名。内容方面，井上将我迄今为止投稿到各个地方的文章汇编好，我读完后吓了一跳。本来都是自己写的文章，对成书应该有个大致的预想，结果却出乎意料。我往下读的时候直冒冷汗。只是重新排列了文章，就把我拆解又重塑了。这就是编辑啊！我也曾是一名编辑，但此次又重新窥视到了编辑的奥义。书名暂定为《吉卜力的哲学——变与不变的事物》。井上倾心于《在热风中飘荡》，但这个题目对我来说太酷了，于是请他撤回。

● 5月21日星期六

我唯一的兴趣是中日龙。每晚工作结束后观看录好的棒球比赛是我私下的爱好。今晚中日龙对战西武队，凌晨三点，我开始看比赛。看到中日龙一下子丢了三分，我心灰意冷。按下快进播放，第八局后半场五比零，获胜无望。我睡眼蒙眬地看着比赛，心想算了，去睡觉吧。哎？不知何时比分变成五比四了。怎么回事？我急忙倒回去看，佐伯在最后用本垒打逆转全局，这是一个赛季都未必会有一次的奇迹逆转。很好，这下今年的冠军也是中日龙的……时钟已经过了凌晨五点。九点我起床，前往IMAGICA观看《来自红花坂》主题曲演唱者手嶌葵的新曲宣传片，感觉不错。随后我顺路前往市谷的一口坂工作室，这里正在录制《来自红花坂》的音乐，负责人武部聪志干劲十足，平原绫香的父亲平原智的单簧管演奏出神入化。

● 5月22日星期日

每周日我都会陪八十八岁的母亲去寺院参拜，差不多有五年了。

最近公司的二十四岁小伙阿让也会陪同前往。上周我们去拜了鬼子母神，再之前去了浅草寺。听说毕业于京都大学的阿让曾是社团"寺院研究会"的一员，研究透京都、奈良的寺院后，又想研究东京的寺院。今天我们变换花样，去了目黑的自然教育园，这是东京唯一能够感受武藏野之美的公园。母亲年纪大了，不愿意走动，让她走路是一项艰难的任务，于是我安排阿让陪她说话，让她在聊天时走一走。与路上其他老年人擦肩而过的瞬间，母亲出其不意地说了句"我是大正十二年出生的"，与对方相谈甚欢。母亲擅长聊天，时机也选得极其巧妙。大多数人会对她说"您看起来真年轻呀"，之后便开始交谈。看着这一幕，阿让笑了。回家后我看了宫崎骏新作的部分分镜图，又拿给阿让，请他谈谈感想，他说"很有趣啊"。宫崎骏，宝刀未老。

● **5月23日星期一**

我再次前往一口坂工作室。武部给我看手机。周六他与平原智拍了张照片，发给绫香后收到了回信。真令人开心。他喊着"来，加油吧"跑到钢琴前。松崎海与母亲的感人对话场面响起钢琴声，一名工作人员流下了热泪。晚上，我与NHK的荒川格商谈，夏天他要制作一部以吾朗和宫先生为主人公的节目，名为《两个人》。深夜，某报社的Y君造访红砖房（吉卜力位于东京的办公室）咨询人事问题。他现在是报社记者，有人想挖他去旁系的电视台。应该去电视台，还是留在报社呢？运营Niconico动画的川上量生也加入讨论。我的答案是应该去，不过是有条件的——要去抛出橄榄枝的那个人的手下工作。虽说是同一体系的公司，但电视台与报社的文化氛围不同。我说"精彩人生即将开始"，川上非常赞成。Y君也认同这一点，踏上归途。

● 5月24日星期二

晚上七点半与涩谷阳一见面。我们之间有着奇妙的缘分。距离第一次见到他已经快四十年了。他偶尔会在涩谷的儿童调查研究所露面，那时他已经当上了《rockin'on》的总编，而我只是个打工的学生。后来在我做《Animage》的时候，他邀请我参加电台节目，但我以工作繁忙为由拒绝了。之后一次见面是宫崎骏的采访，我同意了，因为我想见见他。去年我在举办Rock in Japan音乐会的常陆那珂市，因为演唱《借物少女艾莉缇》主题曲的塞西尔会出席。今晚的主题是《来自红花坂》，但涩谷一如既往地不谈工作，他只关心一件事：为何让吾朗再次执导电影？他还谈到了我们共同的好友押井守。他曾给《Animage》留下这样一句评论："有一种洗礼是整代人都要经受的。"令我印象深刻。这一点依然没有改变。在场的川上后来也感叹："真是个精力充沛的人。"

● 5月25日星期三

忙里偷闲，时隔许久看了场电影，片名是《一封明信片》。这是九十九岁的新藤兼人导演人生中最后一部作品。我只关心一点：九十九岁的他会拍一部怎样的电影？它讲述了在战争中失去所有的一对男女因一张明信片相识，之后找到希望的故事。我惊讶于九十九岁高龄的新藤导演仍试着保持理性。也许电影的完成度很低，甚至可以说一团糟，但这些并不重要，它的感染力远超于此。这部电影就像是新藤在大银幕上演讲，告诉大家人类本就如此，是一种动物，本来就很可笑。我从晚上六点开始看，大约看了两个多小时。吃完拉面，晚上十点与博报堂商议《来自红花坂》的合作事宜。不知为何我兴致高昂、不拘小节。结束时已是夜里一点多。

241

● 5月26日星期四

今天我参加卫星广播NECO频道的节目录制，主题是"影响《来自红花坂》的日活青春电影"，与评论家佐藤利明对谈。我想着对电影宣传或多或少有些帮助，于是决定出镜。利明表示，本次的主人公松崎海与风间俊完全就是吉永小百合和滨田光夫的翻版。这说法很有意思，也确实如此。刚开始制作时我拿着日活青春电影的DVD去准备室放映，给核心制作团队提供参考，只要看了这些就能明白当时的时代氛围。我深切地感受到它的影响远超想象。我忽然产生一个想法：请吉永小百合担任《来自红花坂》的宣传大使。

● 5月27日星期五

明天是我的助理小光的婚礼，到时我得带头举杯祝贺。该说些什么呢？我忽然想到芥川龙之介在关东大地震后投给《文春》的文章。昨晚我刚看了《文春》的震灾特辑，讲的是鸟与人的故事。可以用，也许不错呢。人们因地震受灾吃不饱穿不暖，无法摆脱困境，而鸟却连地震都忘记了，自由地在空中展翅翱翔。人做不到这样。鸟只活在当下，而人还要活在过去与未来。人真是一种麻烦的生物。如果新娘是鸟，人就是新郎。他会把鸟关进笼子，喂食驯服，还是放它自由呢？说起鸟，对了，娜乌西卡就是"鸟之人"。小光是娜乌西卡吗？我一直把她看作自己的女儿，有权对新郎提些要求。结语就留到明天早上再想吧。

● 5月28日星期六

雷雨交加，海撑着伞走，俊推着单车回头的那一刻，海说："如果你不喜欢我了，就直接说出来。"俊回答："听说，我们是兄妹。""我该怎么做？"镜头切换到两人的远景，画面上出现片名。

然后是出场人物介绍，每人都有一句台词，再加上宣传文案。负责预告片的板兄（板垣惠一）还像往常一样，眼睛圆圆的，一脸调皮地向我点头致意。之后我收到了成品预告片的离线邮件。太精彩了！特别是台词选得很棒，只听部分台词就能猜到故事。我请日本电视台的奥田诚治过目，他评价"太棒了"。我又拿给吾朗看，他说"佩服佩服"。每次都麻烦板兄，真是太感谢了！

● **5月29日星期日**

婚礼结束后，新娘托我照看爱犬帕塔卡，它是一只迷你雪纳瑞，莫名与我投缘。我此前也帮忙照看过几次，我本就喜欢狗，这种时候感觉很幸福。晚上，小光打来电话："我现在回去……""不用了，你也很累，今晚就交给我吧。大便了四次，也喂了狗粮，你就放心吧。"小光说"那我就去休息"，挂断了电话。

让狗狗大便是有窍门的。帕塔卡开始在一个地方转来转去，就是要大便了。这时要停下动作，静静地等着它。不能催促，要一心一意地等待。这样它就会换成大便的坐姿，然后"咕噜"一声拉出来。别看它一脸满足，其实并不会一次解决。有时一天会大便三四次，但最重要的还是第一次。尤其最近的梅雨季非常麻烦，怎么才能让它在雨中快速大便呢？不能做特别的事，就是等，等着就行。今天早上我在帕塔卡的叫声中醒来。心情不错，睡得也踏实，这都是因为有帕塔卡在我身边。

● **5月30日星期一**

今天在新装修的东宝工作室检查录音效果。我还是第一次在这里工作。这是全日本设备最新最全的工作室。工作人员过来打招呼，我总觉得里面有很多熟人。他们过去是宣传部的员工，对我多有照顾。是左迁了吗？开点玩笑后大家便热络地聊起来。随后，我第一次见到将《来自红花坂》的台词、音效、音乐初步混合后的作品。负责声音的是操刀音效制作的笠松广司。吾朗和负责配乐的武部交替听了他的混音作品。录音室暗下来，电影开始了。我有些感慨，距离第一次见到武部已经快一年了。我今天也是第一次听到笠松制作的后半部分音效。现阶段绘图尚未全部完成，不管怎样，距离预定期限只剩不到一个月了。

● 5月31日星期二

今晚是相关人员与制作委员会参考资料的最后期限。虽只是参考资料也不能敷衍了事。最近我们一直在做这项工作。成品预计A4大小、彩色印刷，差不多三百页。第一章是制作篇，第二章是宣传篇，并附上参考资料。负责人是制片室的阿智——田村智惠子，她擅长事务性工作，这项工作交给她正合适。可是工作量太大，做起来非常辛苦。小光、阿群、阿一今晚也留下来加班，错过回家时间的川上想回也回不去，只好留下。晚上九点多，大家一起吃寿司，聊小光的婚礼，短暂地放松一下，然后再次投入工作。零点前，日本电视台的奥田来了，我实在没空招待他，便请他看写好的文章。川上在写《读卖新闻》的稿子。夜里一点半，我问大家快好了吗，小光回答还有三十分钟。"不好意思，我先回去了。"男人们的眼睛顿时亮了。川上立刻收拾东西准备回家，奥田揉着惺忪的眼睛，我们三人先走一步。川上一坐上我的车便说："吉卜力的女人怎么都这么有精神啊？"

● 6月1日星期三

因为需要，我时隔十六年又重温了《心之谷》。电影开始后，我惊讶于动画师的水平。他们太厉害了，通过动作能表现出人物的性别和大致的年龄与性格。主人公月岛雯和姐姐，妈妈和爸爸，每个人的风格都表现出来了。上半身尤其是手部的动作很有特点，走路姿势也格外明显。还有空间和深度。一家人在厨房用餐，厨房面积很小。然而正因为空间狭小，才拉近了家人间的距离。生活在密集住宅区就是这种感觉。画面有生命力，背景也画得很棒。由夏入秋，体现出季节感，这是动画的范本。

月岛雯造访地球屋时，有她跑下楼梯的场景，从她的表情可以看出，以往看惯的城市风景已经完全不同。我被那番景象吸引住了。她注视着城市的镜头竟然是背后视角。以前的动画中有从背后展现演出技术的吗？

本片导演是已经去世的近藤喜文，享年四十七岁，和我是同代人。为什么他能做出如此精彩的作品呢？他既努力又有才华，还要依靠时代和运气。相比之下，现在的吉卜力怎么样呢？在制作《来自红花坂》的最后关头看完全片，真的太累了，但幸好我看完了。一回到工作室，我就去了宫先生的办公桌前。宫先生看到我的样子不寻常，便问我发生了什么事。我一五一十地说完后，叹了一口气，回到自己的位置上工作。没多久宫先生就来了，又说起刚才的话题……

● 6月2日星期四

听说如今在意世人眼光的人变多了。我担心自己也是这样，便问深夜来访的《读卖新闻》的阿依（依田谦一），他说："铃木先生不是那样。"以前的人难道不在意世人的眼光吗？川上说了一句很有意思的话："吾朗在意镜子里自己的目光。"虽然不太理解，但我很佩服这种诗意的表达。川上回去后，我陪阿依聊了他的未来，

245

二十四岁的阿让也在场。"我一直在给她发信息,也收到了回复,想着该约她出去走走了。""要快点啊。时间可是不等人的。"总是被甩、三十六岁仍然单身的阿依,难道等不到他的春天了吗?

● 6月3日星期五

晚上,我在IMAGICA剪辑《来自红花坂》的预告片。开始前与合作方KDDI电信公司的雨宫俊武等人有个碰头会,于是我邀请他们一起看预告片,时间是晚上七点半。肚子饿了,我犹豫了一下,还是邀请了雨宫他们共进晚餐。我很少与合作方的人一起用餐。演唱《崖上的波妞》主题曲的博报堂负责人藤卷直哉装作不知道这件事。我以为为客户着想是代理公司员工的职责所在,但藤卷却不在意:"去吃饭的话,我也一起。"他到底在想什么啊?我们去了广尾的大阪烧店,席间的话题围绕着藤卷。什么叫工薪族?KDDI的负责人冈部一边听藤卷说上班族荒唐事,一边愉快地喝干了杯中的啤酒。第一次碰头时,我向KDDI的人提了一句文案:没有手机的年代,大家都很幸福。藤卷最先表示"还不错啊",而KDDI的人则面露担忧。旧事重提,大家聊得很开心。藤卷仍然再三称赞那个文案。在这期间,博报堂的销售渡边表情僵硬,看来他最近工作太忙,都没能好好吃顿饭。我告诉他要效仿藤卷,他立刻笑了起来。回到红砖房后,又有日本电视台的特别节目团队在等着我。

● 6月4日星期六

这两年,在宫先生的大方针下,吉卜力大批量录用了三十二名动画师。当时我们的考虑是,每年只录用几个人很难培养出人才,同时录取多人,或许能出一个高手。为了安排这些新人,《崖上的波妞》制作期间，原本的三人制作小组扩充为八人，其他岗位的人数也不知不觉增加了。凡事都有两面性，有好就有坏。各部门因人数增加而出现工作停滞。我向迪士尼的塚越隆行请教今后该怎么做。这种时候能给我有效建议的就是塚越。可他却说，这个问题复杂又棘手。晚饭我们去了目黑的炸猪排店"Tonki"，日本电视台的奥田非常喜欢这里。大家一起享用炸猪排，塚越和奥田为了弥补平时的蔬菜摄入不足，加了三次卷心菜。

● 6月5日星期日

感觉已经半年没和女儿说话了。去年秋天结婚的她竟然有了身孕。她说"您很开心吧"，可我的心情却很复杂。有了外孙当然开心，但我还不想成为外公。晚上，女儿告诉母亲这件事："奶奶，您有曾孙啦！"母亲开心地说："还好我活得久。"白天我和母亲还有出版部的阿让，三个人一起去了出版部小因（田居因）位于上野的老家，小因看着母亲的脸说，您和女儿麻实真像。令我印象深刻。我们今天的散步地点是仿照京都清水寺修建而成的上野宽永寺。

● 6月6日星期一

我从一开始考虑的就是加贺美幸子。只要她来朗读就完美了，基于这种想法，我编排了预告片。反过来说，如果她拒绝参演，我就得重新构思。幸好她答应了，于是我们今晚开始录音。"是克制地念，还是正常念？"录音间里的她连珠炮似的提问。"可以两种都试一下吗？""人总是活在矛盾中，活在对人类的绝望与信任的夹缝间。"从想出这句文案时起，加贺美就出现在我的脑海。别人来就达不到效果。技术人员下意识地说了一句："起鸡皮疙瘩了。"在场所有人都

247

点头同意。我们请加贺美念了我写的有关氏家齐一郎先生的文章，我的助理白木提议将其放在我的广播节目《吉卜力大汗淋漓》中播出。白木喜欢尽善尽美。多亏她的建议，才有了这次的豪华预告片。白木，真的很感谢你。顺便说一下，最终版的正片今天完成了。

● 6月7日星期二

我想请石田百合子写一篇电影观后感，于是请她来红砖房看《来自红花坂》，顺便录制广播节目。她看完电影的感想是"心灵得到了净化"。录制从她这样说的理由开始，但不知何时话题变成了《魔法公主》。记者会当天，她在台上发言时提到："我以为自己会被换下来。"我曾建议为此烦恼的她在台上把所有话都说开。宫先生急忙否认，承诺直到最后都会让她来给小桑配音。记者朋友们当作玩笑来听，其实是很严肃的事。有一个场景怎么录也录不好，那场记者会就是在这时召开的。我与她两个人见面谈了谈，之后坐她的车回到吉卜力，与宫先生聊完后达成了共识。算起来，这件事已经过去十四年了。去年，我看了山田洋次导演的作品《弟弟》，被她的演技折服。她在影片中饰演在临终安养院工作的女性，表演真实自然。此次在《来自红花坂》中，她负责房客北斗的配音。

● 6月8日星期三

小葵出演的 KDDI 合作广告样片已经制作完成。视频从小葵唱歌的画面开始，分为两个版本——拖船篇和山手篇，均以横滨为舞台。导演是早川和良，文案负责人是岩崎俊一。我以前不太了解，听说两位都是广告界的巨匠。早川与我的朋友、任天堂的宫本茂是大学同届校友，很有做视频的才能。早川有一个要求，希望这个视频的背景音乐从无伴奏合唱开始，那样效果更好。出于尊重原曲的考虑，平时我都会拒绝这种要求，但这次是例外，为了让观众的注意力更加集中。该视频从7月2日起开始播出。

● 6月9日星期四

广小路幸子是红花庄的房客。角色设定是在某所美术大学读大三的穷苦美术生，她是一位身材高挑、四肢修长的美人，长得瘦但饭量大，不爱梳妆打扮。为了写生，她每天都早早起床，从二楼的窗户眺望大海，所以知道俊乘坐的拖船每天早上都会用旗语回应海升起的旗帜。最后的最后，她完成了那幅油画，点缀了影片的结局。绘制那幅画的是美术部门的小武和武重，小武是中途加入的，但他的角色在吉卜力很重要，因为美术水平代表了电影的品位。按照宫崎骏的想法，这幅画参考了意大利未来派画家波丘尼的作品。我很佩服如此提议的宫先生。

● 6月10日星期五

商谈持续到深夜。应非营利组织Peace Winds Japan的请求，我决定让《来自红花坂》在灾区上映。地点是气仙沼和陆前高田。我无论如何都想去一趟气仙沼，因为那里是《Animage》初代主编尾形英夫的故乡。此前承蒙他的照顾，没有他就没有现在的吉卜力，也不会有如今的宫崎骏。是他改变了我的人生。我只和宫先生去过一次气仙沼，打着宣传《红猪》的旗号。虽然气仙沼并没有电影院，在宣传最忙的时候，我和宫崎骏还是应尾形先生之邀过去了。我们在当地受到了热烈欢迎，连有线电视台都来进行现场直播，但宫先生接受采访的问题只与尾形先生相关。我印象中宫先生没有面露一丝不快，认真地回答了所有提问。如果尾形先生还活着，今年就八十岁了。对于陆前高田，我基本上一无所知，既然 Peace Winds Japan 的大西健丞和国田博史希望我们过去，那就去吧。他们为灾区所做的努力令人敬佩。与我们一同前往的还有《新世纪福音战士》的导演庵野秀明，以及日本电视台的奥田和川上。奥田提出一件重要的事：此次东北之行不能用来宣传电影。这点必须遵守。

● 6月11日星期六

昨天在吉卜力与原美惠子商讨了报纸广告相关事宜。我和她认识二十七年了。时间赶不及的时候，她一定会帮我想办法。以我们的默契肯定没问题，我这样想着去参加了会议……嗯？竟然还没做好，怎么回事？要用的图已经敲定，宣传文案册也交给她了，之后只要确认成品就行。我明明那么期待……我瞪了她一眼，她立刻瞪回来："因为你什么都没交代。"话虽如此，但我希望她能明白。因为没时间了，所以我单刀直入地提出"就这样去办"，说完便离开了。今天我才意识到问题，不对劲，让人担心。阿原，对不起，下周一我们再好好讨论一次吧。

● 6月12日星期日

今天原本计划进行最后一次混音，但中途取消了。这下能慢慢来了，感觉赚到了。这样一想却又忙碌了起来，什么都想做。此前我按照惯例陪母亲去寺院参拜。我们去了泉岳寺，祭扫大石内藏助之墓。结束后我去中目黑的牛仔专卖店买裤子撑过今夏。我长了小肚子，于是买了大码。我转而检查今晚要播出的广播节目。每周我都会在下午做这项工作。如果有地方需要修改，必须联系服部准导演帮忙修正。本周要谈一谈帮我们出版原著和剧本集的角川团队。我在德间书店的部下古林现在已是角川的编辑部长。我们热烈地聊着往事：这个人负责《风之谷》的漫画版；那个人说话很有意思，妙趣横生。服部也擅长剪辑。本期的主题是与原来的伙伴再次共事。服部是个怪人，总是包容我的任性。每周都麻烦他了。

● **6月13日星期一**

　　我一早就去了东宝工作室，进行真正意义上的最后一次混音，今天是最后的确认。听完了，没有问题。现在所有工作都结束了，只剩下等待21日的零号试映。下午回到工作室，我向宫先生汇报。他预计参加23日的首场试映，《来自红花坂》的所有工作人员也会一同出席。电影结束后，宫先生会说些什么呢？想必所有工作人员在那一刻都会紧张不安。我一边想一边驱车返回工作室。去年《借物少女艾莉缇》内容票房两方面都取得优异成绩，不管是工作室成员还是广大观众，肯定会拿这次的作品与《艾莉缇》作比较。这是《来自红花坂》面临的挑战。我觉得内容和票房都不能输给《艾莉缇》。这个信念支撑我走到现在，所以我比平时更深入思考，用心宣传。吾朗今天还保持着平常心，之后可能就变成被告等待宣判的心情了。

　　我在确定本书书名的过程中，受到了许多人的关照。

　　起初，本书策划人、岩波书店的井上一夫提议用《在热风中飘荡》，模仿鲍勃·迪伦的《在风中飘荡》，有七十年代的味道。得知此事的博报堂——应该说是演唱《崖上的波妞》主题曲的藤卷直哉表示反对："这样卖不出去，没人想看。"他的助理细谷意见相同。藤卷忽然脱口而出："哲学……"在场所有人都有些紧张。这种时候我会拿起自来水毛笔试着写一写。《吉卜力的哲学——变与不变的事物》。吉卜力出版部的田居因打破沉默："这太夸张了。"责编坂本则说："也许不错。"她解释道现在哲学的含义已经不同以往,是生活方式的意思。井上窥看众人的脸色,嘟囔:我觉得《在热风中飘荡》挺好的啊。吉卜力制片室的阿智也表示,《吉卜力的哲学》这个名字让人有想看的欲望。我的助理白木伸子则一脸紧张地注视着我刚刚写下的文字。

事情并未到此结束。多玩国的川上量生提出异议:"这个名字有点高高在上的感觉,或者说唯我独尊?"几天后,他拿出了替代方案:"去掉'的'怎么样?改成'吉卜力哲学',副标题是铃木敏夫最初的遗言。"田居表示强烈反对:"如果'吉卜力的哲学'是摆架子,那么'吉卜力哲学'也不能让人感受到诚意。怎么说呢,总觉得拿起这本书时有点想笑。因为现代的关系吗?有一些轻浮。"

这本书从今年一月开始制作。最初来找我的是森游机。他是押井守导演作品《真·女立食师列传》的制作人,请我担任过旁白,之后我们便成了朋友。他从DVD策划销售公司跳槽到某家出版社,过来向我打声招呼。

闲聊中我们谈到要不要把我过去发表在各个地方的文章整理成册,做成一本书。原稿找不到了,我写在哪里来着?这种事对我来说是家常便饭。我很健忘,瞬间就不记得什么东西放在哪里。这时能有一本书充当资料库的话,就再方便不过了。我发自内心地对这个提议感到满意。趁我还记得,我将这件事告诉了田居,结果她突然发火:"岩波的井上先生那边怎么办?"

不好!我又忘了。

井上和岩波新书编辑部的古川义子一起为我编辑出版了《乐在工作》。之后我和井上也一直保持往来,一有机会他就笑眯眯地问我:下一本要做什么呢?我擅自认定这些话已经烟消云散,不复存在了,但田居却不同意。她带着可怕的表情责备我："井上先生可是一直在考虑呢。"自德间书店时期共事以来，我与她已有三十五年的交情了，不能无视她的意见。我请她联系井上，如果他不是认真的，我就答应森的资料库方案。我下定了决心，结果井上真的没有放弃。最后我向森说明情况，赔礼道歉并取得了谅解，决定全权委托给井上。

结果正如我在日记里写的那样。

我以为资料库是给我看的书，然而井上编辑好的版本是给读者看的。怎么说呢，我往下读的时候发现，自己与吉卜力全都暴露在光天化日之下了。原来如此，这样既满足了读者的好奇心又有销路。即使我曾经是编辑，也由此重新窥得了编辑的奥秘。预设读者再进行编辑，我忘了这么简单的道理。

装帧由一直对我照顾有加的博报堂的小松季弘负责，设计一如既往十分精美。

整理我发言的水平天下第一，这是《读卖新闻》的依田谦一引以为傲的事。本次收录的一些文章多亏了他的帮助。

帮我整理原稿的是白木伸子。

帮忙校对的是吉卜力的佐藤让与伊藤绫子。

此外，再次感谢帮我题写腰封的川上。

一本书就这样诞生了。还有许多给予我帮助但未能记录在此的人，他们甚至存在于我不知道的地方。给大家添麻烦了（就连这篇后记也是）。

这本书中文章的排列方式很巧妙，从哪里开始看都可以。

2011 年夏

铃木敏夫

图书在版编目(CIP)数据

变与不变. 吉卜力的哲学 /（日）铃木敏夫著；唐钰译. -- 海口：南海出版公司，2024.3
ISBN 978-7-5735-0608-5

Ⅰ.①变… Ⅱ.①铃… ②唐… Ⅲ.①随笔-作品集-日本-现代 Ⅳ.①I313.65

中国国家版本馆CIP数据核字(2023)第187509号

著作权合同登记号　图字：30-2023-064